釜石の風

照井 翠エッセイ集

Midori Terui

コールサック社

照井翠　エッセイ集

釜石の風

目次

Ⅰ　釜石　盆風景

Ⅱ　釜石の風

照井翠　エッセイ集

釜石の風

Ⅰ

釜石　盆風景

釜石発リアス行き

四月六日、三陸鉄道は全線で運行を再開した。釜石駅は、南リアス線の始発駅であると同時に終着駅でもある。何だかとてもロマンティックだ。

大震災に遭遇する前から、三陸鉄道が好きで、盛《さかり》駅まで行き、JRに乗り換えて、よく気仙沼にお鮨を食べに行った。

列車は、二本の定められたレールの上を、愚直なまでにひたすら真っ直ぐに進む。雨の日も風の日も、休むことなく、寄り道もせず、きっかり時間どおりに走る。

トンネルも多く、岬の付け根の木立を走ったりするので、一瞬しか海が見えない所もある。しかし、その一瞬の海の青さや太陽のきらめきが、例えようもなく尊い。

あの三月十一日、吉浜《よしはま》駅を発車し、鍬台《くわだい》トンネルに入った列車は、凶暴な揺れに襲われ、脱線の危険性があった。司令室からの無線電話による「止まれ！」の指示により緊急停止した。もし、停車せずに進んでいたとしたら…トンネルの先の橋は津波で崩落し、唐丹《とうに》駅付近も津波に呑まれていた。恐らく列車は、乗客乗務員を乗せたまま墜落したか、津波に流されていたことだろう。

この車両は、幸運にもトンネル内に止まることができたおかげで、震災を生き抜き、「奇跡の車両」と呼ばれるようになった。「奇跡の車両」は、全国の乗り鉄・撮り鉄の熱い視線を浴び、今なお現役で乗客を運ぶ「幸福の車両」でもある。

現在、特に休日の南リアス線は、団体客や家族連れなどで溢れ、始発の釜石駅から満席となる。

改札を抜け、地下通路を通り、ホームへの階段を上る。上っている途中から、あの、白地に赤と青のラインが印象的な車体が見えてくる。たいてい一両だ。よくもまあ再開できたものだと思うと涙が滲む。毎回写真を撮っているのに、今日は今日でシャッターを切る。

さあ、リアスの風を感じる旅に出かけよう。

（2014年7月10日　河北新報）

釜石　盆風景

震災翌年のお盆明けの休日、釜石から宮古へバスで小さな旅をした。

両石《りょういし》も鵜住居《うのすまい》も、まだ瓦礫が多く残っていた。自宅跡地に惚《ほう》けたように座っている人、跡地の草取りをしている人、植えた花の世話をしている人などを見かけた。まるで、自宅で過ごしているかのようだった。ただ、そこには家がなかった。

犬に何か話しかけながら、散歩をしている女性がいた。犬も、いい塩梅《あんばい》にくしゃみなどをして相槌を打っていた。

渡る橋はどれも、欄干が流失したり、著しく歪んだりしていた。廃墟と見紛うばかりの墓地では、倒れた墓石が起こされ、盆の供花《くげ》がまだ枯れずに残っていた。白や黄の彩りが、これほど胸に迫ってきたことはない。

雲の切れ間から無数の光の筋が、海へと届けられる。神々しさにしばし見とれた。それにしても海の非情なまでの美しさよ。一体海とは何だ。

海嘯《かいしょう》の合間あひまの茂りかな　翠

人間とは、津波と津波の間に僅かに茂らせて貰っている存在なのか。

去年のお盆は釜石で過ごした。町中心部のお寺では、お墓が山の斜面をびっしりと埋め尽くす。遙か頂のお墓を仰いでいると、蜩《ひぐらし》のシャワーが降り注いできた。

墓前に蠟燭が灯され、線香の煙がたゆたう。花が供えられ、家族で静かに掌を合わせる。お墓は東向きに、つまり海に向かって開かれている。毎朝、沖に生まれる朝日が、次第にお墓を染めていく。全山の墓石に茜色の光が反射し、きらきらと輝く。ご先祖様も、新たな気持ちで今日という日を迎える。

とっぷりと暮れた頃、甲子《かっし》川に架かる大渡《おおわたり》橋の上で数人の僧侶による読経が響き始める。川面にはたくさんの灯籠が浮かび、読経を合図に川岸を離れていく。集まった人々は皆、一心に掌を合わせている。盆の川は水量が少ないせいか、灯籠はなかなか流れようとしない。

流灯を促す竿の撓《しな》ひをり　翠

竹竿で川の中程に押し出された灯籠は、ともし火を水面に揺らしながら、名残を惜しむかのように海の方へと流れ去った。

（2014年8月14日　河北新報）

熱闘！　俳句甲子園

先日、松山市で開催された、第十七回俳句甲子園に審査員として参加してきた。八月二十三日、二十四日の二日間にわたる、高校生の熱き闘いの現場に立ち会った者として、今大会の感想を述べてみたい。

今年の課題季語は「夜店」「炎天」「飛魚」「汗」「柿」の五つだった。生徒たちは自らの青春のすべてを懸けて俳句を詠み、応募したであろう。応募後は、自分たちの俳句をより深く鑑賞するレッスンや、人の作品を鑑賞し、その上で相手に何をどう質問するかを瞬時に構築する練習など、実にハードな特訓をしたものと思われる。

私が実際に審査員としてジャッジした対戦の中から、特に印象に残った俳句をご紹介しよう。

繋ぐ手に繋がれてゆく夜店かな　尾上緋奈子

恋するふたりが手を取り合って過ごす夏の宵。

炎天やペダルの脚へ海の風　山本莉己

炎天下、自転車を漕《こ》ぐ脚に感じた海風の涼しさ。

アルプスは海溝ならむ燕《つばめ》魚《うお》　荒木健裕

空を海に見立て、峻険《しゅんけん》なアルプスの山並みを「海溝」と把握。飛魚（燕魚）との取り合わせに瞠目《どうもく》した。

汗の子の女優のごとく泣き止みぬ　山本卓登

幼女がふと見せた大人びた表情。「女優」の一語が動かない。

この柿に大和の空の冷え集まる　永山智

柿も空も大和の歴史を負っている。柿に空の冷えが集まると見る感性。準決勝の課題文字は「写」、決勝は「生」。俳句にこの一字を必ず詠み込まねばならず、非常に難易度が高い。

大見得の写楽かはゆし文化祭　南愛香里

写楽の役者絵か。役者の切る大見得を「かはゆし」と詠む。俗語の軽さが効いていてユニーク。

踏切に立往生の御輿《みこし》かな　上川拓真

神様の乗り物である御輿の立ち往生。これも現代の景。一句に心のゆとりと遊びがある。大会が終了した翌朝、道後温泉奥の石手寺に参拝した。その直後、一関二高の教え子に再会。御利益があった。飛行機を乗り継いで帰った岩手は、秋の風のなか。釜石駅頭で、蟋蟀《こおろぎ》が澄みきった音色で迎えてくれた。

（2014年9月11日　河北新報）

マリモ物語

学生時代、バックパッカーだった私は、全国を旅した。特に北海道が好きで、ひと月かけて一周したことがある。その際、阿寒湖を訪れ、マリモの神秘的な生態を知り、すっかり虜《とりこ》になった。

大学を卒業し、高校の教師になって九年目の春、縁あって、マリモを育てることになった。ふたつのマリモに、マリオとマリコという名をつけた。美しいガラス器に入れ、時折水を替え、恐る恐る藻の表面を洗い、よく話しかけた。「おはよう、マリオ」「行ってきます、マリコ！」。

彼らの区別は、実のところなかった。一方をマリオと呼び、その傍らにいるのがマリコであった。彼らは同じ大きさで、模様もなく、ガラス器を揺らしてやると、陽気にくるくると舞い踊った。

彼らは、浮くこともあったし、沈むこともあった。マリオが浮き上がっている時、マリコが沈んでいることもあり、まるでふたりで気の長いシーソー遊びをしているかのようだった。

また、光合成により、気泡をたくさん出すこともあった。「ミドリ、大好きだよ、プクプク」「いつか阿寒湖に連れていってね、プクプク」。

どれくらいの年月を彼らと過ごしたのか記憶が曖昧だ。ただ、確か夏の終わり頃だったと思う、彼らの美しい藻の色が少し茶色になってきたなと感じた。生気がなく、夏の疲れかと見守っていたのだが、やがて部分的に黒くなり、表面がぬらぬらしてきた。私は、彼らを喪おうとしていた。

精神的にすっかり参ってしまったある日、私は決断した。マリモの生死を確かめようと。愛しているマリモにナイフを入れる……。このことで恐らくマリモは死ぬ。しかしナイフを入れなければ生死はわからない。しかしそうすると……。私は震える手にナイフを握った。マリオを割る。内部がすっかり腐っていた。マリコを割る。同様だった。ナイフが床に落ち、私は声をあげて泣いた。

すっかり落ち込んでいたその頃、私はちゃんと授業をしていただろうか。その頃の教え子に、演歌歌手の福田こうへい君がいる。福田君、いつか教えてくれないか。

（２０１４年10月9日　河北新報）

舟越桂さんが釜石に

世界的に活躍中の彫刻家である舟越桂さんが、ご自身の作品を携《たずさ》えて、遠路遙々釜石市内の小中学校を訪問してくださったのは、震災翌年の二月下旬のことだった。

桂さんと知り合ったのは、お母様の道子さんと親しくさせていただいたご縁による。道子さんは、若き日、俳句表現を志し、気鋭の俳人として頭角を現していた。彼女のご主人（つまり桂さんのお父様）は、日本を代表する彫刻家、舟越保武氏である。

ある時、道子さんに私の句集をお送りしたところ、丁寧なお返事をいただいた。その後、銀座の画廊での水彩画の個展に伺ったり、保武氏との思い出の銀座のレストランでご馳走していただいたりした。唇にはいつも赤い紅をさし、スカーフをまとっておられた。

二度ほど世田谷のご自宅にお招きいただき、保武氏のアトリエも拝見した。洋館ゆえに高い天井のもと、氏が最後まで手放そうとしなかった遺愛の彫刻作品が静かに時を刻んでいた。

ごく自然に桂さんとの交流が始まるなか、平成二十二年一月に道子さんが亡くなられ、その翌年、大震災が発生した。

私はひと月ほど避難所生活を送った後、市内のアパートに戻った。

確かその年の冬のはじめ頃、桂さんから少し長めのお便りをいただいた。手紙には、震災時東京で感じた恐怖や、テレビの津波映像を見続けているうちに鬱《うつ》状態に陥ったことなどが綴られていた。

生まれ故郷である岩手の惨状に心を痛めていた桂さんは、ある「プラン」を密かに温めていた。それは、彫刻やドローイングなどの作品を携えて被災地の学校に赴《おもむ》き、借りられるスペースに展示し、子ども達に自由に鑑賞して貰う「移動展覧会」の構想だった。

アートで被災地を支援したいという桂さんの熱意に打たれた私は、ぜひとも実現させようと即行動を開始した。市教育委員会に連絡した後、小中学校に実施要項をファクスし、受け入れ可能かどうかを打診した。

釜石に桂さんが作品とともにやって来る！　どんな展覧会であったかは、次の回でお伝えする。


（２０１４年11月6日　河北新報）

舟越桂　移動展覧会

舟越桂さんの、アートで被災地を支援したいという構想の実現に向け私は動いた。幸い、小中学校の反応は上々だった。

震災翌年の一月末、早速桂さんを世田谷のアトリエに訪ねた。どんな作品を釜石に持参していただけるのか、実際に作品を拝見しながら打ち合わせをしたのだが、何とも至福の時だった。

かつて訪れた舟越保武氏のアトリエでは、天井の高さに息を呑んだものだが、桂さんのアトリエには紙片に書かれた詩のような「言葉」が至る所にピンナップされていて、まるで詩人の家だった。箴言《しんげん》や片言《へんげん》に囲まれたアトリエは、不思議な磁場を形成していた。

桂さんにはひとつ懸念があった。お腹が大きく膨らんでいる裸婦像や、手が背中から生えているような「異形」の彫刻があるため、家族を津波で亡くした子供たちがショックを受けたりしないかと悩んでおられた。

これに対する私の答えははっきりしていた。作品をそのまま子供たちに見せましょう、アートの力に委ねましょうと。

この展覧会は、私の勤める釜石高校のホールを皮切りに小中学校に巡回した。本校の生徒は、興味深そうに作品から作品へと自由に漂流していた。「この、背中から出ている手は、何を表しているのですか?」「君はどう感じますか」こんな問答があちこちで起こった。世にも贅沢《ぜいたく》なアート空間。こんなのロンドンでだってできっこない。

桂さんは、彫刻で用いる楠《くすのき》を少し削り、生徒に匂いを嗅がせてくれた。楠の命の香りを胸一杯に吸い込んだ彼らは、幸せそうに微笑んでいた。

大切な人や家を失った生徒たちが、穏やかな表情で彫刻に向き合っている。一人ひとり、時の経つのも忘れ、作品世界に没入している。その傍らに、桂さんがそっと寄り添っていてくださる。

被災地に必要なものは、この「本物」の持つ力なのだろう。本物に触れ、傷ついた心を解きほぐす時間が貴重なのだった。桂さんは翌年も釜石に来てくださった。東京から助手と交代でトラックを運転し、一週間の滞在費等の経費は全て自腹。本物の芸術家だった。

(2014年12月4日　河北新報)

俳句があってよかった

今朝バス停に立っていたら、ゴミステーションのゲージの脇に一羽の鴉がいた。今日は金曜日、昨日がゴミを出す日だった。鴉は今日も何か餌にありつけると思ったのか、ゲージの上に飛び乗ってみたり金網を突いたりしていた。ゲージの上から緑色の細かい網をかけてあるため、鴉はゴミのあるなしが良く見えていないのだろうか。「私みたいだな……」そう思った。本当は何も入っていないゲージ。その周囲をうろうろしている。どうしたらよいかも分からず、いつまでも離れられないでいる。

この稿では、「震災から二年。いま想うこと」について書くことになっているのだが、どうしても思いは〈あの日〉に帰ってしまう。私はまだ〈あの日〉から一歩も進めていないのではないか。私は〈あの日〉を一生引き摺って生きていかねばならないのか。

東日本大震災の六日前の三月五日、私は気仙沼に遊びに来ていた。馴染みの鮨屋のカウンターで、昼酒を飲みながら、親方から浜の水揚げの様子を聞いたり、いいところを少し握ってもらったりした。そしていつものようにフェリーで大島に渡り、いつものように島の酒屋で買ったビールを飲みながら、いつ来ても白く美しい砂浜を端から端まで歩いて、いつもの場所に腰をおろした。

「最高だな……」。誰もいない早春の砂浜で、酔いも手伝ってか私はすっかりいい気持ちになっていた。寄せては返す波を眺めながら、両足をぶらぶらさせたり、寝転んだり、友達にメールを送ったりした。船着き場に戻り、定期便の船に乗り、気仙沼の大きな港に戻り、いつものバスに乗り、松林の美しい陸前高田を通り、盛《さかり》駅で三陸鉄道南リアス線に乗り換えて、いつもどおりに釜石駅に降り立った。駅から釜石港へ向かって十数分も歩けば、私の暮らす素敵なアパートだ。……この六日後、この旅で辿ったすべての町、道、鉄路が黒い津波に呑み込まれた。船もバスも電車も呑まれた。もし、あの日あの時あの気仙沼沖で巨大津波に襲われていたら、私は生きていただろうか。

ギネスブックにも登録された（最大水深六十三m）釜石港の「湾口《わんこう》防波堤」は、地元の自慢だった。津波の高さを、約半分にカットする設計になっているという。釜石市街地を襲った津波の高さは実測で七〜九m。理論的には約十三mの高さの津波が襲来するところを、最大六mほど津波の高さを抑えることができた。釜石港に近く坂の中腹に建つ私のアパートは、まさにこの湾口防波堤のおかげで浸水を免れたのだった。津波があと六mも高かったら、アパートは丸ごと黒い波に呑まれていただろう。もしあの大地震が深夜に起こっていたら、めちゃくちゃになった停電の部屋から、迫り来る津波から、私は高台へと無事に逃げきることができただろうか。

「橋の向こうは天国、橋の手前は地獄」。これは地元の人の言葉だ。釜石の主要な機能・施設のほとんどは、大渡橋の手前、つまり町の中心地に集中していた。市役所、ホテル、商店、飲食店等々。その一角に、私の住むアパートもある。

「釜石の奇跡」と言われる。市内の小学生・中学生が、日頃の津波避難訓練（津波てんでんこ）のおかげで、一人の犠牲者も出すことなく無事に避難できたことを指す。鵜住居にある中学校では、大地震発生後すぐに生徒は津波を予見し即座に避難を開始した。途中にある小学校の低学年の生徒の手を握りしめ、走って避難した。町の大人達も、生徒の様子を見てハッと我に返り、ようやく避難しはじめた。生徒達は、背後に迫り来る津波の恐怖と闘いながら山に駆け上がった。ぎりぎりのタイミングだった。振り返ると、生まれ育った町が波に呑み込まれ押し流された後、ごっそり沖に持っていかれた。人が叫びながら流されていくのも見た。……町は壊滅した。この一部始終を目撃した当時中学二年生だった生徒の多くが、現在私の勤める高校の二年生となり、私の授業を受けている。

「釜石の奇跡」の一方、「釜石の悲劇」も起こった。皮肉なことにこれも鵜住居でのことだ。大津波警報発令後、約二百人の住民が鵜住居地区防災センターに駆け込んだ。津波は近くの鵜住居川を遡《さかのぼ》って浸水予想範囲を大きく超え、すし詰め状態だったセンター二階も濁流に呑まれた。生き残った人が「水が一気に天井まで上がり、何度も泥水を飲んだ」と振り返っている。センターに逃げて助かったのは僅か二十六人、推定では百人以上の方々が犠牲になった。

大震災から二年を迎えた日、この防災センターを訪れた。ビルの二階の天井から十cmほど下に津波泥の線がくっきりと残されていた。ほぼ水没である。生き残った僅かの人々は、棚の上などに飛び乗ったり、あるいはめりめりと壊された配管や窓枠などを足場にカーテン等にしがみついて、十cmほどの空間の〈空気〉を吸って生き残ったのだった。避難していた人々の恐怖は如何ばかりであったか。恐怖のどん底に突き落とされ、阿鼻叫喚《あびきょうかん》の巷《ちまた》と化したことは想像に難くない。それにしても、あの〈泥の線〉の生々しさといったらなかった。現在このビルの周辺は、津波砂漠だ。

去年の卒業式での保護者代表の謝辞を思い出す。「先生方、あの大震災の時、私たちの子供を命懸けでお守りくださいましてありがとうございました。先生方も、ご自分の家が流されたり、ご家族の安否もわからない状況であるにもかかわらず、私たちの子供の面倒を誠心誠意見て下さったことに、保護者一同心より感謝申し上げます」。避難所だった体育館に静かに響く謝辞を聞いていると、涙が止め処もなく溢れた。考えてみれば今日出席できた親御さんも、あの震災を命からがら生き抜いた方ばかりなのだ。本校だけでも亡くなった保護者が二十四人もいる。さぞや我が子の晴れ姿を見届けたかったことだろう。死ぬ前に我が子にひと言残すことも強く抱きしめることもできない、無念の死であった。

親を津波に呑まれて失った本校の生徒達。母親を亡くしたある生徒は、食事をしてもすぐに戻してしまい、基本的に食事がとれなくなり、みるみる痩せていった。またある生徒は、家族の大黒柱を亡くしたことで、家庭内のバランスが著しく崩れ、残された家族の関係がぎくしゃくし、努力はしてみるものの、未だにお互いに向き合えないでいる。また、母親を亡くしたある生徒は、あの時なぜ自分は母のそばに駆けつけることができなかったのか、なぜお父さんはお母さんを助けられなかったのか、なぜお母さんをたった一人で死なせてしまったのかと、終わることのない責め苦のような〈自問〉の闇から抜け出せないでいる。そして、「なぜ自分が生きているのか？」と、生き残ったことに対する強い罪悪感を抱いている。また他校では、ある生徒が母親に学校に迎えに来てほしいとメールを送り、その母が車で迎えに来る途中で津波に呑まれて亡くなるという痛ましいことがあった。その生徒は、「私が母を殺したのです」と、今でも自分を厳しく責め続けているという。

被災地では誰もが皆、生き残った自分を責めていた。「オレ、津波で流された親友が前方に血だらけで倒れていて、助けなきゃと思ったんだけど、オレの足元にどこかのお婆さんが倒れていて、その人の面倒を見ているうちに波が引いて、アイツがぐんぐん遠ざかっていった。オレはアイツを助けられなかった、アイツを見殺しにしたんだ」。この告白は、震災から半年ほど経った頃になされた。ずっと誰にも言えなくて、胸の奥にしまっていたのだという。それほど重くないことであるなら、すぐにでも人に話せる。しかし、本人にとって大変辛いこと、重い内容を人に話すには、それ相応の時間が必要なのだった。当時釜石は、誰にも言えないことをひとり抱えて苦しむ、暗闇のなかにいる人たちの町であった。

再び、私の生徒の話に戻る。あの三月十一日の夜、一枚の毛布に四~五人でくるまって、避難所となった体育館のフロアに横たわっていた生徒達の蠟燭の光に照らされた寝顔を思い出す。もっとも、眠れるはずもなかった。本震並みの激しい余震が短い間隔で幾度もあったからだ。そのたびに悲鳴をあげる生徒達。万一に備え非常口を開け避難経路を確保する私たち教師。体育館の照明器具が生徒の頭に落下などしたら恐らく死者が出てしまう……。この子達を死なせるわけにはいかなかった。どのひとつの命も失うわけにはいかなかった、もう誰も失いたくなかった。託された命を何としても守り抜きたかった。

避難所では生徒を七人ぐらいの班に分け食べ物を配布した。「何年何組の第何班、代表者二名来てください」と言って呼び、五百㎖のペットボトルの飲料一本、せんべい数枚、板チョコ一枚を渡しながら、「これが今日の食べ物です。仲良く分け合って食べてください。これしかなくてゴメンね」と言うと、「いいえ先生、僕たちは食べられるだけ幸せです。食べられない人が多いと思います。有り難うございます」と澄みきった瞳で礼を言ってくれた。どの子もどの子も「有り難いです」「嬉しいです」と言っては私を涙ぐませた。この僅かな食糧も、先生方が手分けして、地元のスーパーや商店にかけあい、生徒が三百数十名体育館に避難している事情を話し、ポケットマネーで停電の暗闇の中、筆算により売っていただいた貴重な食糧なのだった。

ある女子生徒のことを思い出す。震災当夜遅く、避難所となった体育館に続々と市民の方々が避難する中に、ちょうど十日前に本校を卒業したばかりの女子生徒がいた。彼女は、本校に在籍する弟の安否を確認するために訪れたのだった。「先生私ね、津波に呑まれて流されたの。冷たい水の底に沈み、海水も飲んじゃったんだけど、何かを思い切り強く蹴ったら浮き上がったの。そして抱きついたのが電信柱だったの」。誰かに貰ったタオルで身体を拭いてはいたが、それでも津波泥まみれのひどい姿で、「先生、私、津波に負けなかったよ」と目を異様にぎらぎらさせて、相当興奮した口調で語ったのだった。

震災後、どんなところで生活していようとも、生徒はとにかく学校に毎日登校した。大《おお》槌《つち》や吉里吉里《きりきり》の生徒は、住んでいるところを出て、学校行きのバス停までの道すがらが、すべて山積みの瓦礫であったりした。車が転がっていたり、舟が電信柱に長細くもたれかかっていたり、金庫や、マグカップや、写真立てや、冷蔵庫などを視野に入れながらの道行きだ。学校から帰り、バスを降りると、街灯もない暗がりを、支援物資で配られた懐中電灯で照らしながらひとり歩く。事故や事件が起こりかねない非常に危険な状況だった。

実際のところ、彼らには学校しかなかった。再開した学校では、朝学習も授業も定期考査も補習も課外講座も模擬試験もものの凄い量の宿題まであった。入学式も応援歌練習も全校野球応援も球技大会も文化祭も芸術鑑賞会も卒業式もあったし、遅くまでの部活動も遠征も合宿も、そして修学旅行まであった。高等学校としての全てのメニューがごく当たり前のように計画され実にうまく運営されていた。つまり、学校には〈日常〉があった。壊滅し変わり果てた〈非日常〉の故郷の町から、臨時バスや親戚の車などで学校に通い、ごく平凡な〈日常〉の高校生活をごく普通に送る。学校には、親しい友達や先輩もたくさんいて、声を上げて喋ったり笑ったり時に泣いたりもできる。

今振り返ると、彼らは勉強することで、学校に普段通りにきちんと通うことで、自らの〈日常〉を取り戻そうとしていたのではないだろうか。ごく平凡な高校生活を継続することで、恐怖心と闘い、自らを安心させようとしていたのではないだろうか。実際、学校は安全で安心だとの思いも強かったと思う。大震災の時も、避難所となった体育館には、教職員も全員いて、同じ所に眠り同じものを食べ、生徒にそっと寄り添った。私たち教師には、生徒達の〈日常〉が学校なら、その学校生活をより良いものにしていこう、この学び舎を彼らの幸せな場所にしていこうじゃないかとの思いがあった。そしてまた、私たち教師にとっても、普段通りに授業ができる学校こそが、貴重な〈日常〉だった。

震災後、前にも述べた大渡橋の上で、気がふれかけた何人かの人と擦れ違った。「なーがさーれだー。なーがさーれだー。みーなながーさーれだー」と、時折欄干から危なっかしく身を乗り出しながら、まるで歌うような節回しでずっと喋っていた七十歳ぐらいの男性を見かけた。またある日、両手にたくさんの荷物を抱えながら、「もうだめだ。もうだめ。もうだめだ。もうだめ」と、まるで壊れたレコードのようにそればかり呟きながら虚ろな目で橋を渡ってくる五十歳ぐらいの女性と擦れ違った。私はただただ悲しくて、頭を垂れて行き過ぎた。どうすることもできないことばかりだった。

この大渡橋は、甲子川という清流に架かっているのだが、震災後の冬は、いつもはとうに遡上する鮭がなかなか遡上して来なかった。他の山田町や大槌町では、もう来ているという話だった。「この川、もうだめなんだ。川底に瓦礫が転がっている川なんて、鮭だって嫌だよね。釜石なんて、鮭ですら愛してくれないんだ。この川、もう死んじゃってるんだよ！」そう毒づくと、どうにも感情が昂ぶって、人通りがあるというのに涙が止め処もなく溢れた。悔しさに打ちひしがれて、大渡橋を渡った。来る日も来る日も、今日も来ない、まだ来ないと、うな垂れて橋を渡った。

実はその頃、震災当時の辛かった記憶が度々蘇るようになり、朝、バス停まで歩く間にも気がつくと涙で頬が濡れていることが何度もあった。夜も、お酒を飲むと気持ちが緩むせいか、いろいろなことを思い出すうちに声をあげて泣き崩れてしまうこともあり、精神状態がとても不安定だった。そんなある日……川面に目をやると、懐かしい銀鱗がバシャっとひと跳ねした。欄干から身を乗り出すと、そこにも、あそこにもいる。「ああ、やっぱり帰ってきてくれたんだ。この川のこと、覚えていてくれたんだね」涙が溢れて前が全く見えない。それでも欄干にもたれ、鮭の跳ねる音をいつまでも聴いていた。海も、川も、釜石も、私も、ちゃんと生きているんだ。釜石は、だめじゃないんだ。鮭も愛してくれるし、まだまだちゃんとやっていけるんだ……鮭が釜石に戻って来た日を境に、私は本来の生きる力を取り戻し、とにかく前向きに明るい方向に生きていこうと強く決意したのだった。

さて、最後のどん詰まりにきて、ようやくこの稿の本題について少し触れたいと思う。第五句集『龍宮』を平成二十四年十一月下旬に上梓した。句集を編むにあたり、杏子先生にどれだけお励ましのお言葉をいただいたことか。感謝してもしきれないほどだ。前の句集『雪浄土』以来詠み溜めた俳句はそれなりの分量があったが、今回はそれらを脇に置き、いわゆる震災詠を柱に据えた句集を編むことを決意した。それまでに、震災に関わる俳句を、『震災鎮魂句集　釜石①』『釜石②』（各六十七句収録）というホチキス留めの手作りの句集に纏め、尊敬する俳人や知人、ご支援いただいている方々やボランティアの方々などにぽつぽつ差し上げていた。このささやかな句集に対する反響がとても大きく、こちらが戸惑うほどだった。その後『龍宮』を出版してからは、更に大きな反響があり、書店に配本された句集はすべて売りきれてしまい、句集をぜひ譲ってほしいとのお便りや、震災のお見舞い及び激励のお便りなども随分たくさん頂戴した。

「あなたに俳句があってよかった。俳句にあなたがあってよかった」。ある方のお手紙に、まるで詩のように書いてあったこの言葉を見た時はハッとした。「あなたに俳句があってよかった」の意味はよく分かる。〈俳句の虚実〉があったからこそ、極限状態の中でも、私は気がふれることなく、自分自身を何とか保つことができた。実際、俳句の断片をメモや手帳に書きつけている時は、避難所での辛く重苦しい生活も忘れることができた。

一方、「俳句にあなたがあってよかった」とは、一体どういう意味だろう。実は、これに少し似た感じの言葉を、他の方々からも頂戴していた。「あなたは、これらの句を世に問うために、生かされたのです。生きていてくれて、ありがとう！」「何者かがあなたを、震災の一年前から釜石に遣わしたのではないかと思うのです。辛い目に遭うが、被災地から俳句を発信せよと」「あなたは、選ばれて釜石に遣わされたように思われて仕方がありません」等々。「俳句という詩にとって、照井翠という表現者がいたことは良かった」という意味なのだろうか。もしそうだとしたら、なんと有り難く勿体ないお言葉だろう。

私は加藤楸邨の俳句に深い感銘を受け、俳句表現の道に入ったのだが、その楸邨門の先輩の方から、「この『龍宮』は、二十一世紀の『野哭』だと思います」とのお言葉をいただいた時は、あまりの有り難さに涙が溢れた。句集『野哭』は、楸邨先生が戦争と向き合い、人間存在に関して深く洞察され、高い精神性を示された句集である。その句集と比較していただけただけでも有り難いことである。

作家の池澤夏樹氏が、雑誌や講演会等で私の震災句を引いてご紹介してくださるなど、俳人以外のさまざまな読み手にご好評をいただいていることは、大変光栄なことだ。また、ドナルド・キーン氏など、とてもご感想をいただけるとは考え難い文学関係の方々から、大変丁寧なご感想をいただき、それが今もまだ続いている。これらのお言葉を糧に、今後の俳句創作に邁進《まいしん》していきたいし、なお一層〈俳句の虚実〉を見据えていきたいものと念じている。

追記：句集『龍宮』は、第四十七回蛇笏賞の最終候補作品（五作品）としてノミネートされましたが、受賞には至りませんでした。今年から、ノミネート作品が審査会の前に公表されることになりましたが、まさかこんな若い私に蛇笏賞はないだろうと考えましたので、審査会までの期間を、ある意味リラックスして過ごすことができました。人間として、俳人として更に成長したのち、いつの日か真にこの賞に値する日を迎えられるよう、今後とも精進して参る所存です。

照井翠第五句集『龍宮』三十句抄

喪へばうしなふほどに降る雪よ

泥の底繭のごとくに嬰《やや》と母

双子なら同じ死顔桃の花

春の星こんなに人が死んだのか

朧夜の泥の封ぜし黒ピアノ

つばくらめ日に日に死臭濃くなりぬ

気の狂れし人笑ひゐる春の橋

しら梅の泥を破りて咲きにけり

牡丹の死の始まりの蕾かな

春昼の冷蔵庫より黒き汁

三・一一神はゐないかとても小さい

唇を嚙み切りて咲く椿かな

ありしことみな陽炎のうへのこと

卒業す泉下《せんか》にはいと返事して

屋根のみとなりたる家や菖蒲葺《ふ》く

生きてをり青葉の雫頰に享け

初螢やうやく逢ひに来てくれた

流灯にいま生きてゐる息入るる

大花火蘇りては果てにけり

人類の代受苦の枯向日葵

迷ひなく来る綿虫は君なのか

釜石は骨ばかりなり凧《いかのぼり》

寒昴《かんすばる》たれも誰かのただひとり
春の海髪一本も見つからぬ
春光の揺らぎにも君風にもにも君
浜いまもふたつの時間つばくらめ
亡き娘らの真夜来て遊ぶ雛まつり
ふるさとを取り戻しゆく桜かな
虹の骨泥の中より拾ひけり
朝顔の遙かなものへ捲《ま》かんとす

（「藍生」2013年6月号）

II

釜石の風

1　魂のボート

お盆の少し前、釜石港から外洋に出る機会があった。海上保安庁の巡視船「きたかみ」の体験航海だ。海に出ることは、まだ怖い。津波が釜石に刻みつけた爪痕の一つひとつが、泥の色とともに蘇る。

半島や岬の岩肌も今は落ち着いて見えるが、あの日大津波に襲いかかられ、古く見事な松などの植物が根こそぎ持っていかれた。

基盤が破壊された赤い灯台が、大きく傾きつつもその姿を留めている様に心が激しく揺さぶられる。灯台の近く、釜石の津波被害を最小限に止めてくれた湾口防波堤も、急ピッチで復旧工事が進められている。

箱崎半島の南東方沖約一キロメートルにある「三貫島」付近で船は停泊し、東日本大震災で犠牲になった方々に対して黙祷を捧げ、ふた組のご遺族による献花も行われた。お気の済むまで合掌なさっていた。

群青の海の上を、ふた束の白い花が流れてゆく。波間をたゆたいながら、遺族の乗った船を置き去りに、釜石に向かって流れてゆく。船は沖を目指すのに、花束は陸を目指してゆく。花束は、海で亡くなった人の魂を乗せるボートなのだろうか。帰りに、同じルートを釜石港へ戻ったが、あの白い花を見ることはなかった。

（連載「釜石の風」「藍生」2013年11月号）

釜石沖、湾口防波堤復旧工事現場〈2013年８月11日〉

2　呑ん兵衛横丁の師走

釜石の名物とも言える飲み屋街「呑ん兵衛横丁」。製鉄所の塀沿いのバラックづくりの横丁には、最盛期で三十数軒の飲み屋が連ねたという。作家井上ひさしの母マスさんが焼鳥屋をしていたことも語り草となっている。大震災による津波に呑まれた横丁は、長屋の所々が分断され、何軒かのブロックとなって流された。現在、仮設店舗で再開している。

ある夜更け、横丁のある店で飲んでいたところ、かなり「出来上がった」男性が暖簾を潜ってきた。地酒浜千鳥を注文するなり、呂律の怪しい口で喋り始める。「津波で亡くなった親父の馴染みの店を一軒一軒回ってるんです。ここで三軒目、今夜中にあと二軒回ります」。店のママさんに、父親の生前の様子や、ちょっとしたエピソードを聞いたりしながら酒を飲んで回っているらしい。自身も父親の思い出を語りながら、次第に声が大きくなり、体を揺らすうちに嗚咽を漏らし始めた。
マラソンランナーみたいだ……そう思った。父親から託された「見えない襷」を斜めに掛け、横丁の店から店へ渡っていく。それがこの人の「喪の儀式」なのだ。酒場で酩酊するうちに、ふと隣に故人が座り、静かに飲み始める……。そんな奇跡を願い、横丁の師走が深まっていく。

（「藍生」2013年12月号）

震災後の横丁の跡。小川の上に長屋があった。〈2011年８月12日〉

3　人生に夢を描く

震災後、約ひと月の避難所生活を経てようやく釜石市内のアパートに戻った。毎朝夕、バスに乗るために「大渡橋」という橋を渡る。

あの日、緩やかなアーチを描くこの橋を、清流甲子川を逆流してきた黒い津波が呑み込み、橋上の車や人を次々に押し流していった。そして、橋の最も高い所に車が三台だけ取り残された。

車に乗っていた人が無事であったかどうかは不明なのだが、その恐怖たるや尋常なものではなかったはずだ。いつ自分が流されてもおかしくない、まさに死の際にいたのだから。自分のすぐ脇をどす黒い波が猛り、狂ったように人や車を呑み込んでいく様を為す術もなくただ呆然と見ているしかなかった。

この橋の上で、気がふれかけた何人もの人と擦れ違った。「なーがさーれだー。なーがさーれだー。みーななーがさーれだー」と欄干から身を乗り出しつつ歌うような節回しで喋っていた七十歳ぐらいの男性。「もうだめだ。もうだめ。もうだめだ。もうだめ」と虚ろな目で壊れたレコードのように呟いていた五十歳ぐらいの女性……。

彼らは今どこでどうしているだろう。市内の仮設住宅で暮らしているのだろうか。少しは落ち着きを取り戻しただろうか。そして、人生に夢を描けているだろうか。

（「藍生」2014年1月号）

朝の大渡橋。下を流れる川が甲子川。〈2013年11月14日〉

4 川は、死なない

前回、甲子川にかかる大渡橋について書いた。今回は、甲子川自体に光を当ててみたい。鮎や桜鱒、山女《やまめ》、ウグイが泳ぐ清流だ。

津波ですっかり荒れ果てた川を見て、人間同様川もまた死ぬのだと思った。澄みきっていた川の底には、夥しい瓦礫が堆積し、あちこちの中洲にトラックや車などが無残な姿を晒していた。

春とは強引で残酷な季節だ。死んだ川の底に藻が兆し、津波に耐えた柳が芽吹き、日一日とやわらかな命の色を膨らませていった。

季節は巡り、初冬の頃、例年ならとうに遡上する鮭がなかなか上って来なかった。私は思った。やはり駄目なのだ。瓦礫が撤去されても、水鳥が戻りつつあっても、鮭は生まれ故郷の甲子川に戻っては来ない。この川は、やはり死んでいるのだ。

今日も来ない、まだ来ないと、うな垂れ、涙ぐみながら橋を渡っていたある日、水面に銀鱗が躍りバシャっと跳ねた。ああ、ああ鮭が帰ってきた。こんなにたくさん、そこにもあそこにも、雄と雌が相前後しながら産卵の場所を必死に探している……。

今年も、たくさんの鮭が遡上した。産卵を終えた鮭たちが、その白い骸を水底に沈めている。鴉や鷗たちが、争うように肉を啄んでいる。こうして鮭は他者の糧となり、そのいのちをも繋ぐ。


（「藍生」2014年2月号）

甲子川の鮭の簗場。前方1kmが河口。〈2013年12月1日〉

5　三月を愛さない

東日本大震災から三度目の三月十一日が巡ってくる。カレンダーや各種ニュースが、春三月の到来を告げる。日増しに暖かくなってきましたね、花が咲き始めましたねと。

しかしここ被災地では、私達は三月を愛さないし、三月もまた私達を愛さない。大地震で家が全半壊したり、大切な家族や友人を津波に呑まれたり、家や全財産を流失したりした私達が、恐るおそる三月に近づこうとすると、三月は凄惨な記憶を蘇らせ、私達の心をずたずたに引き裂く。三年も経つのだから、そろそろいいだろうと三月に近づこうとしても、まだ怖い、ますます怖い。三年目にして見えてきた震災の本質と新たな苦悩や絶望……。二月の後が、すぐに四月であったならと思う。

悲しみは薄まりはしなかった、心の傷も癒えはしなかった。むしろ、悲しみは質的により深まり、濃くなっていった。悲しみには次のステージが待っていた。逃れることなどできないのだった。

もやもやした気持ちを整理するため、時折バスに乗り、鵜住居や大槌など、復興が大幅に遅れ、未だに津波砂漠の地域へ足を運ぶ。

「釜石の悲劇」という言葉がある。釜石市の沿岸北部、鵜住居という町の「防災センター」で起こった悲劇を指す。あの三月十一日、巨大地震の後に大津波警報が発令され、調査委員会の推計によると二百四十四名の住民が次々に防災センターに駆け込んだ。海面と大差ない平地に建つこの施設では、過去二回、市による津波避難訓練が実施されていた。それまでは高台にある寺の裏手などへの避難訓練をしていたが、お年寄りが訓練に参加しやすいなどの点が考慮され、このセンターで訓練を実施することになったのだった。

二百四十四名の住民で一階二階とも「すし詰め状態」だったセンターに、津波により生き物のように動き出した家々が激突し、海側の窓ガラスが突き破られた。濁流は、最上階である二階まで渦を巻きながら一気に襲いかかり、天井から僅か十cm程を残してセンターは水没した。阿鼻叫喚の巷と化すなか、棚の上に飛び乗ったり、めりめりと壊された配管や窓枠などを足場にカーテンにしがみつき、海面と天井の隙間に顔だけを突き出して空気を吸いながら、水が引くのを待つことができた人々がいた。助かったのは僅かに三十四名。犠牲者は実に二百名を超えたものと推計されている。

いわゆる「震災遺構」のなかで、津波による犠牲者数が最も多いのが、この鵜住居地区防災センターである。

冒頭で私は述べた。私達は三月を愛さないし、三月もまた私達を愛さないと。悲しみは薄まらないし、心の傷も癒えないと。廃墟となった鵜住居の津波砂漠を歩いていると、心がずたずたに引き裂かれる。三年目にして深まる喪失感と絶望感に打ちのめされる。

三・一一神はゐないかとても小さい　翠

（「藍生」２０１４年３月号）

解体中の鵜住居地区防災センター〈2014年１月８日〉

6　ゐないが、ゐる

釜石市の鵜住居地区防災センターは、建物も土台もすべて解体された。今は、地域全体に対する盛り土工事を待っている。

ここで娘さんを亡くしたある母親は、幾度もこのセンターを訪れた。鳥が鳴けば、「あ、あの娘の声だ」と近寄り、「〇〇子だね、母さんにはわがるよ、ちゃんとわがるよ」と愛おしそうに声をかける。「今日も声を聞かせてくれて有り難う。まだ来るがらね」。

ここで娘さんと孫を亡くしたある男性は、毎日ここに通い、祭壇の水を替え、供えられた花の枯れたものを除いたり、床を掃き清めたりした。その作業の合間に、娘と孫の写真に声をかける。「ジュース持ってきたよ」「今朝はすんごく冷えだね、寒がったべ？」。

私はこれからどこへ行って拝めばいいのでしょう…。最愛の娘を亡くした母親の嘆きだ。

たとえ現《うつ》し身の娘はいなくても、ここに来さえすれば娘を感じることができた。その建物が、解体され、更地になった。娘が亡くなった実体そのものまで喪ってしまった。

大切な人を喪った者は、この世の枠組みなどとうに超え、やがて魂と触れ合い始める。肉体など、何ほどの価値があるだろう。魂と対話できるようになれば、永遠はすぐそこだ。

三月の君は何処《どこ》にもゐないがゐる　翠

（「藍生」2014年4月号）

解体の進む鵜住居地区防災センター〈2014年1月8日〉

7　震災から三年

今日は三月十一日。東日本大震災からちょうど三年が経った。

震災から一年目。大切な人を喪った悲しみに打ち拉《ひし》がれ、昼から酒を浴びるように飲み、泥酔した人。二年目。あの人の分までしっかり生きていこうと誓った人。そして三年目。自分の周りにいつもあの人はいて、自分を見守ってくれていると気づいた人。

三年とは、例えばそういう年月だ。誰もどこかに辿り着く。

ちょうどひと月まえの月命日は、連日の大雪の影響で、かなり雪が積もったままだった。鵜住居でも、大槌でも、思い思いにささやかな花束を携えた人が訪れた。すっかり更地となった町には、花立てなどあるはずもなかった。だが、雪があった。花束を雪にそっと挿すと、雪が包み込むように支えてくれた。あの人もこの人も雪に姿を変え、一心に降り、大切な人を待っていたのだった。

誰もみな、雪原に直に座り、花を手向け、静かに掌を合わせている。声にならない対話をしては、うんうんと頷いている。

三月十一日。喪った町に、雪が降る。季節は巡り、降ってもすぐに消える春の淡雪。明日からは、花束を手向けようにも、もうあの人は支えてはくれない。一歩を踏み出せという声が聞こえる。

また雪の舐めてくれたる涙かな　翠

（「藍生」2014年5月号）

あの日のままの大槌町役場〈2014年1月8日〉

8　チリからの津波

四月二日、チリで大地震が発生し、翌三日の午前三時釜石市に津波注意報が発令された。浸水域に住む私は、避難勧告を受けた。

あれは、震災の翌年の十二月七日午後五時十八分。三陸沖を震源とする大地震が発生し、津波注意報が発令された。部活動中だった生徒の安否を確認し、解除されるまで待機となる旨を説明した。

この時、海から離れた内陸部に居住している生徒達は、津波などどうせ来ないから早く帰してくれという態度だった。これとは対照的に、鵜住居、大槌、吉里吉里などの沿岸部で被災し、命からがら津波から逃げのびた生徒達の表情には、緊張感が漲っていた。

彼らは一様に青ざめ、震え、女子生徒などは「おばあちゃん、おじいちゃん、大丈夫がなぁ」と肩を抱き合い涙ぐんでいた。

その時、はっきりとわかった。震災は終わらないのだと。大地震の余震が、今後繰り返しこの地を襲い、津波注意報や警報が出されるだろう。その度毎に平凡な日常が断裂し、崩壊し、かさぶたになりかけていた傷痕がぱっくりと割れ、新たな血を滲ませるのだ。

チリ地震による津波注意報は、十五時間後の夜六時に解かれた。私は職場に行けず、オープンしたてのショッピングセンターは休業を余儀無くされた。巨大な建物は、まるで廃墟のようだった。


（「藍生」２０１４年６月号）

更地となった鵜住居防災センター〈2014年４月12日〉

9　南リアス線の旅

四月六日、三陸鉄道は北リアス線南リアス線の全線で復旧した。津波で破壊された駅舎も、流出した鉄路もすべて復旧させた三鉄マンの、必ず浜を「繋ぐ」のだという意地と使命感に心打たれた。

震災の六日前、この南リアス線に乗って旅に出たのだった。海岸を南下し、盛駅でバスに乗り、陸前高田の美しい松原を眺めながら気仙沼に向かった。馴染みの鮨屋で昼酒を飲み、握りを味わい、船で大島に渡り、ビールを飲んだのだった。美しい砂浜の上で。

震災後、大島には行けなかった。もう、悲しい思いをしたくなかった。もうこれ以上、打ちのめされるわけにはいかなかった。

三陸鉄道復旧のこの日、三年振りに大島を目指し旅に出た。南リアス線とＢＲＴバス、フェリーを乗り継いだ。村々の堤防は破壊されたか流失し、漁村は山際まで更地となっていた。そんな悲惨な状況にも拘わらず、たくさんの人が三鉄復旧を祝って電車に向かい手を振ってくれた。老いも若きもみんな笑顔で、本当に千切れんばかりに手を振っている。壊滅した浜と漁村と輝く海を背景にして。

大島に着き、いつもの砂浜に立った。すべては壊れ、砂浜も狭くなっていたが、それでもまだまだ浜も岬も美しかった。泣きながらビールを飲んだ。おかえりなさい、と島が言ったようだった。

（「藍生」2014年7月号）

錆びた船が横たわる気仙沼大島の浜〈2014年４月６日〉

10　天使になった少女

釜石に転勤する前は、内陸部のある高校に勤めていた。

その高校で一緒に勤めていた男性教師が、ある女性と恋に落ち、結婚し、やがて可愛らしい女の子を授かった。

彼のパソコンのディスプレイには、生まれたばかりのお嬢さんの写真が、いつもスライドショーで流れていた。

赤ちゃんだった女の子は、成長と共に、ぬいぐるみの趣味が変わり、着る服も可愛らしくなり、おしゃまさんになっていった。

私たち同僚は、毎日お嬢さんの写真を眺めているうちに、すっかり虜になってしまった。お嬢さんは、私たちのアイドルだった。

数年後、彼は沿岸南部に、私は釜石に転勤となった。海にも近い、新築の一戸建てを借りることができたと喜んでいた。沿岸同士だからまた会えるねなどと言い合い、それぞれの任地へと旅立った。

　転勤して、丸一年を迎えようという三月十一日、巨大地震に襲われた。自分のことだけで精一杯の日々…。とにかく必死だった。

　ふとしたことから、彼とその家族のことを知った。

　彼は、幸い無事だった。しかし、奥様とお嬢さんは津波に呑まれ、亡くなられたという。美しい奥様は、身籠もっておられた。

　私たちのお嬢さんは、天使になった。今日もお空を舞っている。


（「藍生」2014年8月号）

陸前高田、奇跡の一本松〈2012年８月16日〉

11　ふたたび、喪う

釜石市民文化会館は、私の住むアパートの前の坂を下りてすぐのところに建つ、県内有数の規模を誇る芸術文化の拠点だった。

しかし、津波に呑まれ一階天井まで浸水し、千二百席もある大ホールがすっかりだめになった。完成したのが昭和五十三年だから、年齢でいうと三十三歳で命を落としたことになる。無念だろう。

かつてこの大ホールで、岩手県高等学校文化連盟の総合開会式という、高校生による一大イベントが開催された。地元釜石や大槌の高校生により勇壮な「虎舞」が披露され、三陸を詠った高村光太郎の詩が朗読され、百姓一揆に関わる劇が披露された。満席の大ホールに、釜石の文化とそれを担う若者を讃える拍手が鳴り響いた。

壊れゆくその姿を、私は毎朝毎夕見守る。会館前の道は通勤路でもある。それにしても、遣り場のないこの虚しさを、どう言い表せばいいのだろう。新たに何かを建てるには、まず取り壊す……そんな常識は、頭では分かっている。だが、心が分かってくれない。
あの震災で、一度君を喪った。ようやく癒えかけていたのに、今度は解体により、再び、しかも完膚無きまで君を喪う。みんな、君が好きだった。せめて、君が最後のひと欠片となるまで見守ることにしよう。三十数年間本当にありがとう。そして、さようなら。

（「藍生」２０１４年９月号）

解体中の釜石市民文化会館〈2014年７月18日〉

12　天災人災を乗り越えて

釜石が、過去に壊滅的な被害を受けた要因は、津波だけではない。太平洋戦争末期、米軍など連合軍の軍艦による激しい攻撃を二度も受け、町は焼け野原となり、壊滅した。昭和二十年七月十四日と八月九日の、いわゆる釜石艦砲射撃である。戦時下、釜石は日本で唯一、自給で鉄鋼を生産できる製鉄所を持つ軍需都市であった。

二度の射撃で、総計四時間、約五千三百発の砲弾が太平洋沖から撃ち込まれた。製鉄所を中心に、ちょうど東日本大震災で津波に呑まれた地域の建物が爆撃され、多くの市民が命を落とした。

人々は、市内に十数箇所あったという防空壕などに避難したが、砲弾の破片や爆風で死傷したり、焼け死んだりした。艦載機による機銃掃射も行われ、死者は千人以上にのぼると言われる。

　戦争で死に、津波で死ぬ。それが釜石だ。しかし、廃墟となった町で人々がしたことは、「生きる」ことだった。生きて、生きて、生き抜くことだった。市民の復興への熱意は強く、製鉄所は終戦から二年九ヶ月で高炉に火が入れられ、操業が再開された。

　幾多の悲劇を乗り越え、壊されても喪っても不死鳥のように蘇る釜石の人々。鋼のような強靭な精神を持つこの町の人を誇りに思う。ここ釜石は、命の尊さを学び、平和を希求する者の聖地なのだ。


（「藍生」2014年10月号）

釜石駅頭より望む釜石製鐵所〈2014年8月18日〉

13　「ＳＬ銀河」で星めぐり

蒸気機関車「ＳＬ銀河」が釜石線で運行を開始したのは、今年の四月十二日のこと。以来今まで、人気が沸騰し続けている。

そもそも釜石線は、その前身である「岩手軽便鉄道」が宮沢賢治の『銀河鉄道の夜』のモデルと言われていることに因み、「銀河ドリームライン」と言う素敵な愛称をいただいている。それに加え、この「ＳＬ銀河」の外装は、星座をモチーフとした濃紺のグラデーション車両となっているし、レッドカーペットの敷かれたレトロ・モダンな車内は、ギャラリーやプラネタリウムなど賢治の世界観に浸れる工夫がなされている。乗れば、物語が始まりそうだ。

各駅に、エスペラント語による愛称が付けられていて、例えば花巻駅の愛称は「チェールアルコ（虹）」で、釜石駅の愛称は「ラ・オツェアーノ」。「太洋」という意味の素晴らしい愛称だ。

賢治が急性肺炎で亡くなったのは、八十一年前の九月二十一日。愛する故郷であり自らの思索を深めた「イーハトーブ・岩手」が震災で未曾有の被害を受け、その復興支援の推進力として『銀河鉄道の夜』をモチーフにした蒸気機関車が週末毎に人々を釜石に誘っていると知ったなら、さぞかし驚くことだろう。秋の釜石は空が澄みきって星が瞬く。「星めぐりの歌」でも口ずさみたいものだ。

（「藍生」２０１４年11月号）

多くの市民に出迎えられるＳＬ銀河〈2014年４月12日〉

14　先輩　宮沢賢治

私は花巻市出身だが、畏れ多いことに、宮沢賢治の母校でもある花巻小学校で学んだ。賢治は、六十六歳年上の大先輩である。

賢治が生まれる約二ヶ月前の一八九六年六月十五日には、明治三陸地震が発生し、大津波により甚大な被害を受けた。この混乱の中、賢治は誕生した。生まれて四日後の八月三十一日には、秋田と岩手の県境を震源とする陸羽地震が発生し、花巻市でも四十棟余りの家屋が全壊した。賢治誕生の年は、東北受難の年でもあった。

東北の農民は、繰り返し襲った冷害による凶作のため、飢えに苦しんだ。柳田國男の『遠野物語』に出てくる河童は顔の赤い「赤河童」だが、これは、今日食べるものすらない親が育てることができずに川に流した「赤子」のことだと言う。裕福な質屋の息子である賢治は、乏しい家財道具を僅かばかりの金に換えに来る農民の貧窮を幾度も目にしていた。そして、賢治が死去する約半年前の一九三三年三月三日には、昭和三陸地震が発生し、再び大津波により民は路頭に迷った。直接的ではないにせよ、震災や飢饉などの体験が賢治の人格形成に与えた影響は決して少なくはないだろう。

他者の苦しみをその身に引き受けるような賢治の人生。先輩、その慈愛に満ちた眼差しで、被災地の民を見守っていてください。

（「藍生」2014年12月号）

花巻駅に停車中の蒸気機関車「ＳＬ銀河」〈2014年４月27日〉

15　須賀川　牡丹供養

十一月十五日の宵、須賀川牡丹園で行われた〈牡丹焚火〉に立ち合った。樹齢百年など天寿を全うした古木や折れた枝、持ち寄った小枝などを焚いて牡丹を供養する行事だ。地元の「桔槔《きっこう》吟社」が句会を運営しており、多くの俳人が真剣に焔を見つめていた。

今回この俳句大会で講演をさせていただいたご縁で、市長さんらと共に牡丹の古木を特設の炉にくべる役目を仰せつかった。

講演で私は、この行事の趣旨は牡丹を供養することにあるだろうが、私はこれに限らず自分の大切な方を供養する気持ちで参加するつもりだと述べた。東日本大震災で突然の無念の死を迎えざるを得なかった多くの方々の御霊のために手を合わせたかった。

古木を焚くうちに、大きな焔となる。龍の舌のような焔が闇を舐める。やがて焔は収まり〈熾《おき》〉となる。この辺りから、特に古木から紫や緑青色の小さな焔が立ちのぼり、ほのかな香りが漂い始める。熾火を見つめようと、囲む輪が縮まる。ああ、海だ、海が見える。この紫や緑青の焔はそのまま海原だ。たましい達も、焔の海を静かに漂っている。あの人が傍らに来る。こっちは大丈夫だから、お前も身体に気をつけろと言われる。漂う香りの中、目を瞑り一心に手を合わせる。再び目を開けると、熾は燃え尽き、静かに崩れた。

（「藍生」2015年1月号）

牡丹を焚く焔を静かに見つめる人々〈2014年11月15日〉

16　いのちを繋ぐ教え

明治二十九年と昭和八年に三陸沿岸を襲った巨大地震と大津波。先人はこの災禍をどう捉え、どう後世に伝えようとしたのだろう。

それを知るひとつの手がかりとして「津波記念碑」がある。

例えばある地区では、碑に刻まれた「ここより下に家を建てるな」との教えを守ったおかげで、津波被害を免れた集落もある。

こうした記念碑を見に、三陸町越喜来《おきらい》という集落へ行ってきた。

仲崎浜の漁港を見下ろす高台に立つ津波記念碑は、昭和八年三月三日の津波からちょうど二年後の昭和十年三月三日に建立された。

碑の表には「たかしほのあとかへりみて　いそしまは名におふ村に　家もさかえむ」と

いう歌が刻まれ、裏には「長く大きくゆれる地震は　津浪の警報と心得　直ちに近くの高地へ避け　一時間位はその場を離れるな」とある。大きな字で書かれた、平明な短文だ。

「一時間位はその場を離れるな」の教えに胸を打たれる。東日本大震災発生後、釜石では、一度高台に避難したのに、第一波の後で自宅に戻り、第二波に呑まれて亡くなられた方がたくさんいた。

先人は、尊い命と引き換えに学んだ、幾度も押し寄せる津波の特徴を踏まえ「一時間位はその場を離れるな」と後世に伝えた。以来七十九年、石碑は風雨に晒されながら、漁村を見守り続けている。

（「藍生」2015年2月号）

盛岩寺の海嘯紀念碑

越喜来の仲崎浜に立つ津波記念碑
〈2014年12月14日〉

17　センター試験臨時試験場

今日は一月十七日。阪神大震災から二十年が経った。昨夜来テレビでは、復興の歩みや現在の課題、今後の展望などについて報道されていた。朝、心からの祈りを捧げた後、釜石高校へ向かった。

今日と明日、本校は大学入試センター試験の「臨時試験場」となる。三陸沿岸地域のちょうど真ん中に位置する本校が試験場となって四年目となる。センター事務局によると、東日本大震災で甚大な被害を受けた釜石は、ＪＲ山田線や三陸鉄道南リアス線などの公共交通機関が「未復旧なため」臨時試験場を設置するという。

それまでは、盛岡市の岩手大学で受験していた。二泊三日の日程で、受験料、貸切バス代、ホテル代、食費など多額の費用を保護者に負担していただき、教師引率のもと受験していた。

それが、震災後は、岩手大学の職員が本校に派遣され、本校生のみならず、三陸沿岸中部（宮古市南部、山田町、大槌町、釜石市）の生徒も本校での受験が可能となった。まさに英断だった。

だが、昨年の四月中旬、「大学入試センターが釜石高臨時試験場での試験の中止を検討」と報道され衝撃が走った。中止の理由は、恐らく、三陸鉄道が復旧開通したためと思われる。

幸い、県教育委員会が、「被災地は復興途上にあり、遠隔地での受験は経済的な負担も大きい」として釜石高試験場の維持を強く求める陳情までしてくださり、ようやく八月に継続が発表された。

今回のことで私がショックだったこと。それは、「中央」の人たちには、被災地が復旧したように見えているのだということ。基本的な生活上の諸問題が解決済みに見えているのだということ。それに気づかされ、ショックというよりも悲しかったし悔しかった。

以前から違和感を感じていた。ここ被災地とそうではない地域は、決して「地続き」ではないのだ。地図上では地面で繋がってはいても、そこには大きな断裂があり、まるで違う国のようだ。

阪神大震災から二十年経った今でさえ、生活再建ができずに、トラウマを乗り越えられずに苦しみ続けている人々が大勢いる。ましてや、東日本大震災からまだ四年しか経っていない。生活再建の緒にさえ就いていない人がほとんどだ。少し前まで本校では百数十人の生徒が仮設住宅で暮らしていた。家族や家、財産を津波で流されての生活。現在でも多くの生徒が仮設暮らしだ。この環境・状況で、夢を描け、希望を持てと、いったい誰が言えるのだろう。

それでもここ被災地の生徒は、みな健気に頑張っている。将来の希望を尋ねると、みな口々に、故郷釜石、大槌の復興のために役立つ人間になりたい、そのために一生懸命勉強したいと言う。

受験生僅か二百名の「釜石高臨時試験場」。しかし一人ひとりが抱える問題は深刻だ。彼らが将来の夢や目標を諦めることなく勉学に励めるよう、国にはもっと力になっていただきたい。血が滲んでいる者に、乾いた感覚で対応するのでは、民は納得しないだろう。

（「藍生」２０１５年３月号）

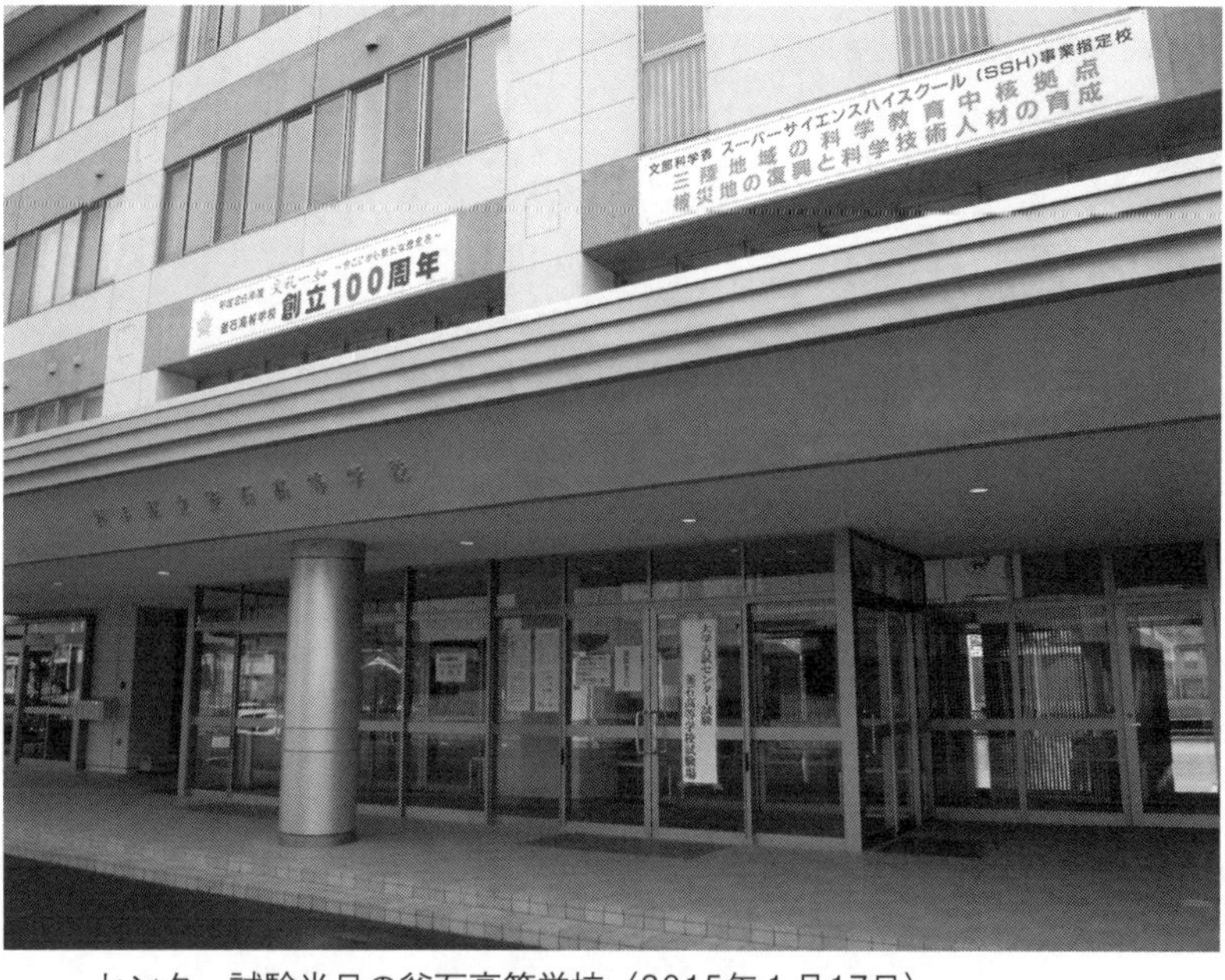

センター試験当日の釜石高等学校〈2015年1月17日〉

18　月命日、大槌にて

二月十一日、震災から三年十一ヶ月の月命日に、鵜住居と大槌を歩き、掌を合わせてきた。バスに乗っている何人かは、白や黄の質素な花束を胸に抱えていた。ほとんどがお年寄りだった。

昨年のこの日は、連日の大雪のため、結構な積雪量だった。今年は雪もなく、見渡す限り盛り土工事中の生々しくも殺伐とした光景が広がる。昨年の、胸に沁みるような美しい雪景色が恋しい。

昨年は、鵜住居も大槌もまだ更地のままだった。それ故、大切な場所を訪れ、直接花を供え掌を合わせることができた。ところが今年は、自宅跡も家族が亡くなった場所も盛り土の「工事現場」と化し、近づくことさえ叶わない。思い出の場所を、トラックやブルドーザーが慌ただしく行き交い、焦げ茶色の土を堆く盛っていく。

将来、数メートル～十数メートル盛り土したその上で、亡き人を偲ぶことになるのだろうか。そこはもはや、全く違う場所なのではないのか。今後、私たちは一体何処へ行けばいいのだろう……。

いずれにせよ、「そこ」はもう故人を、大切な人を偲ぶ場所ではないのだ。津波で人を喪ったうえに、この度は、その人を偲ぶ場所までも喪ってしまったのだ。完膚無きまで、永遠に。

釜石は、被災地は、一体何処へ向かっているのだろう。

（「藍生」２０１５年４月号）

盛り土工事中の大槌町中心部。右奥の建物は町役場。
〈2015年２月11日〉

19　卒業式と「ラブ注入」

三月一日、岩手県内の多くの高校で卒業式が行われた。式の間、口をぎゅっと結んで涙をこらえている子もいたが、多くは涙ぐんでいた。皆、花束を胸に、晴れやかな表情で巣立っていった。

校長先生から卒業証書を受け取る生徒の表情が、会場右手に設置されたスクリーンにアップで映し出される。親にしてみれば、少し緊張した面持ちの我が子が、校長先生の前に進み出て、卒業証書をいただく一部始終を、スクリーン上で見守ることができる。親には恐らく、我が子しか見えてはいない。ここまでの歳月、数々の苦難を乗り越えて、恙《つつが》なく卒業式を迎えることができた安堵と喜び。

震災時、この体育館は避難所だった。終生忘れられない場所だ。

震災から四日目、食事係の私は、薄い雑炊を生徒のお椀によそっていた。彼らの表情が暗かったので、「ラブ注入！」（当時流行）とおどけて歌いながら椀によそい手渡していった。彼らは「やだーセンセー」と言って笑ってくれた。気がつくと、生徒の分は終わり、一般避難者がお椀を持って並んでいた。ある女性に「先生、私たちにもラブ注入してください！」と言われ面食らったが、同じように歌いながらよそった。皆さん、泣きそうな顔で笑っていた。

生徒も被災者も、この学び舎を、この体育館を巣立っていった。

（「藍生」２０１５年５月号）

釜石高校の卒業式（卒業生代表による答辞）〈2015年３月１日〉

20　花のもと、円覚寺にて

三月二十八日の昼ごろ、北鎌倉駅に降り立った。桜が咲き始めた円覚寺は、花衣を身にまとった華やかな人々で賑わっていた。

この日、円覚寺帰源院臥龍庵にて、オペラ歌手であり朗読家でもある野口田鶴子さんが、私の句集『龍宮』の俳句を朗読してくださるのだ。その「磁場」に身を置きたいと思い、ここへやってきた。

白い着物をお召しの野口さんが、『龍宮』の五十句を二度ずつゆっくりと朗読してくださる。〈喪へばうしなふほどに降る雪よ〉〈泥の底繭のごとくに嬰と母〉〈双子なら同じ死顔桃の花〉……。ああ、見える、見えてくる。三月十一日の雪が、泥が、釜石が。息が苦しくなり、涙が止め処もなく溢れる。野口さんの低く深い声は、此の世と異界の壁を易々と乗り越え、私は見知らぬ時空へと連れ去られる。

野口さんの声は、憑依の声、霊界の声。此の世と彼の世の「あはひ」の声。どの一句も、聴く者の魂にダイレクトに深々と届く。

異界の声による朗読を聴きながら、ふと、不思議な感覚に捕らわれた。これらの俳句の作者は、一体誰なのだろうかと。もちろん実作者は私だ。しかし私は「書いた」だけなのかも知れない。本当の作者は、非業の死を遂げた方々の御霊なのではないだろうか。

『龍宮』の作者は、誰なのだろう？

（「藍生」２０１５年６月号）

帰源院臥龍庵。手前は漱石句碑。〈2015年３月28日〉

21　釜石呑ん兵衛横丁

「てるちゃん、私、あきらめることにしたわ。」

呑ん兵衛横丁の行きつけの店で、ママにこう切り出された。釜石では今、現在のような仮設ではなく本設店舗で、市の中心部に飲食店街を再建する計画が進んでいる。しかし、初期費用など相当ハードルが高く、ママを始めとする六十代七十代の横丁の店主には、金銭面体力面など総合的に考えて、出店など夢のまた夢なのだ。

今の仮設ですら、ライオンズクラブから冷蔵庫や作業台などの厨房機器一式を、渋谷のんべえ横丁などから開店に必要な物資をご支援いただいたおかげでようやく再開に漕ぎ着けたのだ。大切な店を失ったママ達にとって、準備費用の数十万円ですら捻出することが困難だった。まして、今度の本設店舗の準備費用は「ひと桁」上がるのだという。「そんなお金、どこにあるって言うの？」

一九五七年に産声をあげ、市民の心の拠り所でもあった「呑ん兵衛横丁」が津波で全壊したことは、釜石の魂を喪ったも同然だった。震災後、お酒を飲むところもなく、特に男達はがっくりとうな垂れていた。見かねた横丁のママ達は、「飲んで食べて、喋って吐き出して、元気になってもらおう」と立ち上がったのだったが…。

呑ん兵衛横丁の約六十年の歴史は、今閉じられようとしている。


（「藍生」2015年7月号）

仮設の呑ん兵衛横丁（看板は渋谷のんべえ横丁より寄贈）
〈2015年２月22日〉

22　俳句甲子園とNさん

釜石高校の前は、一関第二高校に勤務していた。文学部の顧問として、部員の書く詩や小説を読み、添削等の指導を行った。

ある年、新入生が数名入部した。ある女子生徒が、「目標は俳句甲子園に出場することです。」と言い切ったのには正直驚いた。

その彼女（Nさん）が部員に呼びかけた結果、俳句づくりが部活動の柱となった。私は彼らの句を添削し、俳句とは何かを教えた。

全国大会に出場するには地方大会を勝ち抜かねばならない。一年目は仙台大会で敗退。悔しさをバネに作戦を練り上げ、二年目は盛岡大会で優勝し全国大会への初出場を果たした。ブロック予選で惜しくも敗退したが、ハイレベルの戦いから多くのことを学んだ。

そして三年目。安定した戦いぶりで盛岡大会を制し、再び松山に帰ってきた。鍛錬により、彼らの俳句自体は甲子園で勝てるレベルまできていた。あとはチーム総力戦のディベート力のみ。相手チームの句を瞬時に解釈し、戦い方を組み立てる……。奮闘の結果、いくつかの戦いを制したが、本選に駒を進めることができなかった。

三年に亘るNさんの戦いは終わった。しかしその後もNさんは句を詠み続け俳句賞にも応募した。そしてこの度「俳句四季新人賞奨励賞」に輝いた。根木夏実さん、よく頑張ったね、おめでとう！

（「藍生」2015年8月号）

2009年３月佐藤鬼房俳句大会にて。
左から二人目が根木さん（当時二年生）。右端は筆者。
〈2009年３月20日〉

23　戦争と世界遺産①

七月十四日の正午、市内にサイレンの音が鳴り響き、皆で静かに黙祷した。艦砲射撃から七十年目の、鎮魂と祈りの黙祷だった。

太平洋戦争末期の昭和二十年七月十四日、釜石は日本本土初の艦砲射撃を受けた。即ち、米軍など連合軍の軍艦から、二千数百発もの砲弾が撃ち込まれ、製鉄所を中心に広範囲にわたって甚大な被害を受けた。八月九日にも再び執拗な艦砲射撃を受け、製鉄所は破壊され、釜石の町は廃墟と化した。死者は千人以上と言われる。

戦時下釜石は、日本で唯一自給で鉄鋼を生産できる製鉄所を持つ軍需都市であった。その鉄の町が、鉄の雨を浴びて潰された。

日本初の近代製鉄所である官営釜石製鐵所は、明治十三年に操業を開始したが成果を出せず三年後に閉鎖。その後民間人の田中長兵衛に払い下げられ田中製鉄所となってから、明治十九年に日本で最初に高炉による製鉄を軌道に乗せ、コークスを使った銑鉄の産出も行うなど、日本で初めて安定稼動した銑鋼一貫製鉄所となった。

最盛期には、この度世界遺産に登録された橋野高炉を始めとする十三の高炉が立ち並び、幕末には東洋最大のコンビナートを形成していた。我が国の近代化の始まりは、海防（戦争）のための大砲製造即ち製鉄産業であり、その最重要拠点が釜石だった。

（「藍生」2015年9月号）

釜石まつりの日の釜石市役所〈2014年10月19日〉

24　戦争と世界遺産②

江戸時代末期、日本近海に外国船の出没が増えた。黒船来航など日本に接近する欧米諸国に対抗するため、海防はまさに喫緊の課題だった。日本各地で、鉄製の大砲鋳造を目的とした反射炉（金属溶解炉）が建設された。製鉄こそ、まさに国防の柱であった。

ここで、南部藩士大島高任《おおしまたかとう》が登場する。現在の盛岡市出身の大島は、江戸や長崎で西洋の兵法や砲術を体得し、採鉱や冶金術も学ぶなど才のある青年だった。彼は、兵器充実を説く水戸藩主徳川斉昭《なりあき》により那珂湊反射炉建設の技術者として採用される。しかし、そこで作られる鉄は砂鉄を原料とした「たたら製鉄」によるもので、砲身が強固で飛距離のある大型洋式砲を製作するには強度に問題があった。これでは外国の大砲に太刀打ちできない。国を守れない。

そこで大島は、良質の鉄鉱石が産出する、故郷南部藩の釜石に出向く。そして、安政四（一八五八）年、「大橋」地区に洋式高炉を建設し、鉄鉱石を使った鉄の連続生産に成功する。大島はこの高炉を「日本式高炉」と呼んだと言う。西洋の技術のみならず、随所に鉄産地釜石で培われた技術を取り入れたからである。この日本初の快挙は、官営八幡製鉄所が操業する四十三年前の出来事であった。

産業革命黎明の地、釜石。その舞台は、橋野鉄鉱山へと移る。

（「藍生」2015年10月号）

右が大島高任の銅像。左は「ものづくりの灯」。（釜石駅前）
〈2015年8月23日〉

25　戦争と世界遺産③

「鉄は国家なり」「鉄は産業の米」などと言われる。鉄は、大砲など軍事力の源であり、鉄道・船舶など国力の象徴だった。鉄が国家を作る。それ故、製鉄業は国策をもって運営されるのが常である。

南部藩士大島高任は、大橋地区での日本で初めての洋式高炉による出銑《しゅっせん》に成功した翌年、橋野地区に仮高炉を建設し操業する。

この橋野鉄鉱山が、今年七月、めでたく世界遺産に登録された。幸運なことに、橋野高炉跡は残った。なぜか？　その理由は、製鉄の舞台が大橋及び釜石港に近い鈴子《すずこ》地区へと移り、官営釜石製鐵所が発足したためであろう。橋野高炉を更地にする必要はなかった。破壊を免れた高炉跡と関連遺跡は、製鉄における産業革命の初期の有り様、即ち採鉱、運搬、そして製錬に至るまでの製鉄工程を総合的に把握できる遺産群として、大変良好な状態で保存されてきた。

世界遺産が決まった九日後の七月十四日正午、市内にサイレンの音が鳴り響き、我々は皆黙禱した。艦砲射撃から七十年目を迎えたのだ。釜石は、優れた製鉄所を持つ「潰すべき」軍需都市だった。

鉄を産み、東洋一のコンビナートを形成し、鉄の雨を浴び壊滅し、再び鉄を産み、鉄冷えに苦しんだ釜石。鉄故に時代に翻弄された。しかし、この栄華と苦難なくして、我が国の繁栄はなかった。


（「藍生」2015年11月号）

釜石製鐵所敷地内の火力発電所（釜石駅前）〈2015年９月27日〉

26　三陸沖の深海

「大槌湾の沖合には、クジラやイルカ、オットセイなどがたくさん泳いでいましたよ。海がとても豊かですね」。こう話してくださったのは、先日体験乗船した「新青丸」の二等航海士の方だ。

「新青丸《しんせいまる》」は、海洋研究開発機構が所有運用している海洋調査船で、東日本大震災後の東北沖の海洋生態系を調査研究している。

先日、船の母港である大槌港にて、釜石地域の高校生対象に、船の研究成果についての講義と体験乗船があり、生徒と参加した。

講義の中で、私たちが息を呑んだのは、有人潜水調査船「しんかい6500」による震災後の三陸沖の画像だ。日本海溝海域水深約三千mから五千mの海底の亀裂や断層は生々しかった。巨大地震による亀裂からメタンが湧出し、海の生物が大量に死んだという。

震災では、陸の上の人間は大変な思いをしたが、海洋環境も劇的に変化し、魚たちも随分酷い目に遭ったのだと、今回ようやく思い至った。何も人間ばかりではなかったのだ。人間の目の届かぬところで、震災時、どれだけ過酷なドラマがあったことだろう。

「地球は水の惑星です。地球表面の七割は海です」。講師の言葉が頭を離れない。鯨も泳ぐ三陸沖の漁場や資源を回復させたい。今後とも、「新青丸」による生態系の研究とその知見に期待したい。

（「藍生」2015年12月号）

「新青丸」（1,629トン）大槌港〈2015年9月26日〉

27　海の生態系の危機

先日、大槌港で、海洋調査船「新青丸」に体験乗船したことをきっかけに、震災後の海の中のことについて調べている。

一見健やかそうに見える海の中で、地球規模の「もう一つのフクシマ問題」が起きていることを知り、衝撃を受けている。

東日本大震災の際、津波により、電力会社などが保管していた変圧器などの電気機器が大量に海に流出したという。実はこの変圧器には、通電しにくく絶縁性があり、なお且つ燃えにくい「ポリ塩化ビフェニール（ＰＣＢ）」という物質が用いられている。このＰＣＢは、発がん性があり、皮膚障害や内臓障害、ホルモン異常などを引き起こしてしまう大変厄介な有害物質なのである。

つまり、あの大震災によって、放射性物質の放出に加え、PCBの海への流出による、深刻な海洋汚染が起きていたのだ。

PCBは、食物連鎖により生物の体内に濃縮蓄積する。例えば、海洋生態系の頂点に立つ鯨類は、海水の数百万倍を超える濃縮率でPCBを体内に蓄積する。この鯨や他の魚を、人間が食べる。

人間が生み出した有害物質が、今、海の生態系を危機に陥れている。フクシマ問題ばかりではない。目で見ることのできない海の中の生態系を修復し健全化するのは、毒を作った人間の責任だ。

（「藍生」2016年1月号）

大槌湾の蓬莱島（「ひょっこりひょうたん島」のモデル）
〈2015年2月11日〉

28　不漁つづきの浜

呑ん兵衛横丁の店で、ママとよく話をする。最近の話題は、「浜の水揚げが芳《かんば》しくない」ことに尽きる。サンマ漁は記録的な不漁だったが、続く秋サケ漁もまた不漁なのだ。この分だと、焼魚やハラコ（イクラ）も食べられない、ましてや新巻《あらまき》鮭など夢のまた夢だ。

鮭は概ね四、五年で成魚となり、母川に産卵のため遡上してくる。今から約五年前、釜石を含む沿岸部では、震災により孵化《ふか》場が被災し、例年の三分の二しか稚魚を放流できなかった。この影響を含んだ試算をもはるかに下回る漁獲量で、深刻な問題となっている。

地球温暖化の影響なのか、この秋の三陸沿岸の海水温は高い。加えて、気象や潮の流れの影響もあって鮭が獲れないという。

鴉や鷗たちも苦戦している。たった数匹の鮭の骸に鳥が群がる。強い鳥が、骸の脇にまるで仁王のように忿怒の形相で立ちはだかり、狂ったように襲いかかる鳥を追い払いながら死肉を啄んでいる。
横丁のママは、「ドンコがさっぱり入って来ないのよ」と嘆く。ママの十八番は「肝たたき」。冬の三陸の味覚「ドンコ」（エゾイソアイナメ）は、この時期、肝に脂が乗って実に美味しい。地元では、肝と味噌を叩いたものをドンコの腹に詰め、じっくりと焼く。皮も香ばしく、酒がすすむ。浜の水揚げの安定を、心から願う。

（「藍生」2016年2月号）

甲子川の簗場と鮭の骸〈2015年1月30日〉

29　遠藤未希さん

震災の六日前の三月五日、私は気仙沼に遊びにきていた。馴染みの鮨屋で昼酒を愉しみ、親方に浜の水揚げの調子などを尋ね、軽く握ってもらったりした。その後、フェリーで大島に渡り、白砂の浜を端から端まで歩き、純白の薄い貝殻をいくつも拾い集めた。

島の港から、フェリーで気仙沼の港に戻り、バスに乗り、陸前高田や大船渡の商店街を抜け、盛駅で三陸鉄道南リアス線に乗り換え、釜石駅に舞い戻った。この六日後、この旅で辿ったすべての町、道、鉄路が津波に呑み込まれた。船もバスも電車も流された。

震災の前、よく南三陸町の志津川に出かけた。気仙沼から南下する路線は、電車が大谷海岸など海の近くを通る箇所が多いため、車窓に雄大な太平洋が広がり、海好きにはたまらない路線だった。

志津川の駅で降り、町へと入っていくと、途中、材木屋があったり、大変風格のある古めかしい豪邸があったりし、名物の蛸などの海産物を商う店や、海鮮丼を出す食堂などが軒を連ねている。

商店街を抜けると、潮の匂いが一段と濃くなる。海際に、とても素敵な公園があり、日向ぼっこをしている人やサイクリングを愉しむ家族連れなど、思い思いに時を過ごしている。

袖浜海岸の真ん前に、巨大な島「荒島《あれしま》」が圧倒的存在感で鎮座している。島へは、防波堤（歩道）を歩いて浜から渡ることができる。私は、島の急峻な階段を見て、登ることを断念したのだった。

南三陸町防災対策庁舎。あの三月十一日、危機管理課で防災無線の担当だった遠藤未希さんは、かつて経験したことのない激しい揺れの後、放送室に駆け込んだ。「大津波警報が発令されました。高台に避難してください」。もう一人の職員と共に、呼びかけ続けた。

地震から約三十分後、屋上に避難していた職員が叫んだ。「津波が来たぞー」。未希さんは必死の思いで市民に呼びかけた。「大きい津波がきています。早く、早く高台に逃げてください。逃げてください」。命懸けの呼びかけは、最後は絶叫となった。

未希さんは、職責を全うし、天使になった。強い念のこもった未希さんの声は、住民の心に伝わり、気づかせ、避難行動を取らせた。多くの命を救ったその声は、人々の記憶に永遠に刻まれた。

去年の秋、よくやく志津川を訪れることができた。気仙沼からBRT(バス高速輸送システム)に乗り、土盛りなど復興工事が行われている町々を巡り、ああこの町は特にひどいな、かつての町の片鱗も見当たらないなと感じていたら、そこが志津川だった。廃墟と化した庁舎の前で、激しい雨に打たれながら、掌を合わせた。

未希さん、ようやく逢いに来ました。今日は暴風雨で、私には丁度よかったです。快晴の爽やかな空のもとでは、あなたに向き合えない。あれから五年が経ちます。あなたはあの日、ひと息にご自分の人生を完成なさった。津波の迫る、放送室で。町は変わりますが、あなたは変わりません。未希さん、あれから五年が経ちます。


(「藍生」2016年3月号)

南三陸町防災対策庁舎
（レンズの雨粒で、涙ぐんでいるように見える）〈2015年９月10日〉

30　震災とストレス

東日本大震災から、もうじき五年目を迎えようとしている。

被災地に暮らすということは、日々挫折するということだ。この一瞬も、挫折する。何をしていてもふと虚しさが胸に兆し、無力感に襲われる。あの日の絶望感を思い出し、打ちのめされる。

震災を振り返る集いには、極力参加するようにし、津波が町を襲う映像を何度も見返したり、意見交換もしてきた。しかし、こうした姿勢は、私の精神や身体に、じわりじわりとストレスやダメージを与えていたらしい。現在、帯状疱疹という病に苦しんでいる。

ある日、顔の右半分、目頭近くと瞼から額にかけて、赤い水疱ができた。五日目あたりから水疱が激増し、目も開かなくなり、剣山で皮膚を叩かれるような痛みに襲われ、医師の診察を受けた。「ああ、ひどい。あなた、相当のストレスですよ」と医師は言った。
　医師の診断を聞きながら、心のどこかで安堵する自分がいた。「ああ、そうか。ようやく私にも症状が現れたんだ」。何も病の原因は震災とは限らない。しかし、ここ釜石での暮らしのなかで、私も人並みに追い詰められていたのかもしれない。それでも私はまだいい方だ。暗闇の底から一歩も動けない人が、仮設住宅に引き籠もり、孤独な死を迎えている。身体に現れない病が、人々を蝕んでいる。

（「藍生」2016年3月号）

嵩上げ工事中の鵜住居町（常楽寺境内より）〈2016年２月10日〉

31　センバツ甲子園①

物事には「流れ」というものがあり、うまく「流れ」に乗ると、自らが目標とするところへ、念願通りに到達できる場合がある。

私の勤務する釜石高校の野球部が、この春のセンバツ甲子園に21世紀枠で出場することになった。本校の野球部は、正直なところ、実力があるとは言い難い。しかし、驚くほど強運なのである。

昨年の秋季岩手大会では、地区予選一回戦にて敗退。しかし、敗者復活戦を勝ち上がって県大会に出場し、決勝戦まで駒を進め、なんと東北大会に出場した。こうした実績により、東北地区の21世紀枠推薦校に決定し、更に選考会を経て、甲子園の土を踏むことが決まった。選手の喜びようといったらなかった。笑顔が弾けた。

震災の時、避難所となった本校体育館に、大勢の方々が避難して来られた。お年寄りの中には、布団から起き上がってお手洗いまで行くことが困難な方がおられた。これに気づいた野球部員は、キャスター付きの椅子などを使って、お手洗いまでお連れしたり、介助したりした。また彼らは、大雪が降った朝、避難所前の雪掻きを率先して行い、避難所のフロアやトイレ掃除でも中心的な働きをしてくれた。部活動で培った良きもののすべてを発揮してくれた。

そんな献身的な彼らを、何か大きな存在が見届けてくれていた。

（「藍生」2016年5月号）

センバツ出場が決定した直後の野球部員〈2016年1月29日〉

32　センバツ甲子園②

甲子園出場が決まってからは、取材が殺到した。

仮設住宅に住んでいる選手は、家の中での様子を取材させてくれと言われ困惑していたが、保護者がきっぱりと断っていた。親が津波で流され亡くなった部員も何名かいたが、その親について語ることは、かなり辛いことだったろう。結局、取材に応じることを決意したのは、投手のI君だけ。彼は、たった一人で、震災遺児としての取材を背負うことになり、次第に追い詰められていった。

甲子園での試合が近づき、練習に集中しなければならない段階でも途切れることのない取材に、I君は随分悩んだようだ。一時はナーバスになり、亡くなった親について、しばらくの間触れないでいただきたいと学校側から申し入れたこともあった。

Ｉ君のみならず部員達は皆、あの震災の体験を、一日一日を生きるなかで消化し、現実と折り合いをつけ、この五年を生きてきた。そして、その過程で、不屈の精神力を得た。まさに鉄の町釜石に相応しい「鋼鉄《はがね》の意志《こころ》」で、野球に励み、人間性を磨いてきた。

彼らは甲子園で一勝を挙げた。どんなピンチの場面でも決して自分を見失わなかった。二回戦で敗退したが、不思議と悔しいという思いはない。ただただ感動と彼らへの感謝の念に包まれている。

（「藍生」２０１６年６月号）

二回戦で敗退後、応援団の前に整列する部員達
〈2016年３月25日〉

33　熊本地震に思う

熊本や大分で巨大地震が発生し、深い爪痕を残した。余震の頻度も尋常ではなく、これでは精神的に参ってしまうと案じている。

私も、あの三月十一日の地震直後から体育館での避難所生活に入った。水・電気・ガスが止まり、飲み物や食べ物も無く、灯油ストーブの数は少なく、油も僅か。毛布も無く冷えきる身体。お手洗いに行くにも、闇と余震が怖く、なるべく行かないようにした。

東日本大震災では、数分おきに強い余震に見舞われた。いつ果てるとも知れぬ余震地獄。少し気を緩めると、揺れが襲ってきた。

地震は、何度経験したとしても、その都度もの凄く怖い。長い間恐怖に晒されていると、身も心もくたくたになり、次第に判断力が鈍ってくる。すべてがもうどうでもよくなってくる。津波警報が発令されても、逃げようという気が起きなくなってくる。津波など、来るなら来たらいいだろう、それがどうしたと言うのだ……。

全く先を見通せず、目処が立たない避難所生活。考えても無駄だと分かると思考が停止する。その場を、ただ何とかやり過ごす。

あの時本当に欲しかったものは、平凡な日常だった。揺れない地盤の上での、平穏な暮らし。あたり前の生活をあたり前に送りたかった。しかし、平凡も平穏も、手の届かないところにあった。

（「藍生」2016年7月号）

津波被害を受けた釜石港近くの建物〈2011年8月12日〉

34　避難所でのこと

震災から四日目の夜、避難者全員に雑炊（米が少なく薄いものをお椀半分）を配り終えたところに、年配の女性が近づいてきた。

「私の隣に座っている若い男の人、ずっと下を向いたまま。雑炊食べないのと聞いても、首を振るだけ。先生、あの人、昨日から何も食べてないよ。あの人も、この雑炊食べていいんだよね？　いいんだよね？」と、最後は泣きじゃくりながら話してくれた。

さっそく、その若い男性を見に行った。なんと、先日本校を卒業したばかりの生徒だった。彼は「海の近くに家があったが、津波で流された。親と兄弟は地域の避難所にいて無事だが、自分は今後のことを先生方に相談するために学校へやってきた」と語った。

彼は、優秀な生徒が学ぶ隣県の国立大学に合格し、新生活に向けて準備を始めていた。

夢が叶い、希望に胸を膨らませていた。

生まれ育った家や財産などすべてを喪った彼は、両親や兄弟が、このまま避難所で生活しながら生活を再建していくことを考えると、多額の学費や生活費のかかる大学生活を始めてよいのか悩んでいた。いっそ進学を断念し、家族や地域の復興のために働くべきなのではないのか…。若い彼の胸は、今にも押し潰されそうだった。

熊本でも、同じ思いをしている生徒がいる。それが、わかる。

（「藍生」２０１６年８月号）

三陸町越喜来の甫嶺《ほれい》地区の浜〈2014年4月6日〉

35 うつ病を乗り越えて

県内のある企業に勤めている友人が、うつ病を患い、一年ほど病気休暇を取って治療に専念していた。因みに、被災者ではない。

幸い、信頼できる医師に出会い、薬も服用し、カウンセリングも受け、友人は職場に復帰した。先日、お祝いの食事会をした。

「最初の半年間は、とにかく死ぬことだけを考えていた。車を運転していても、今日こそは死ねるかとそればかり。しかし、自分から事故を起こしては、職場や家族に迷惑がかかる。だから、誰か私の車にぶつかってくれ、誰か私を轢いてくれと、そればかり願ってハンドルを握っていた」。友人は、苦しそうな表情でこう語った。

昨年度の震災に関連した自殺者は23人。福島19人、岩手3人、宮城1人。原因はうつ病など健康問題によるものが13件と最多。年齢別では70歳以上の高齢者が11人と最多。避難生活の長期化により、孤立感が強まり、悩みが次第に深くなっていると思われる。

人の心は純粋で傷つきやすい。人はそれぞれ、他人には決して窺い知ることのできない〈闇〉を抱えて生きているのかもしれない。

一方で生きたい人がいて、他方で死にたいと願う人がいる。私は大切な家族や友人に生きていて欲しい。時折、毒や弱さを吐き出してくれていい。生きて、一緒に時を刻んで欲しいと心から願う。

（「藍生」2016年9月号）

地盤沈下により冠水する釜石港〈2013年8月16日〉

36 戻れない故郷

先日、釜石から久慈まで旅をした。宮古まではバスで向かい、宮古から久慈までは三陸鉄道北リアス線に乗車した。もし山田線が復旧したなら、釜石・宮古間も鉄路での旅が復活する。そう考えただけで、夢が膨らんでくる。子供の頃から鉄道が大好きだった。

釜石から宮古へ海沿いに北上すると、両石《りょういし》という地区に出る。両石湾はリアス海岸の中でも、ぐっと狭まった形をしていて、なおかつ湾から広がる集落の地形は狭長のV字谷。つまり、最も津波エネルギーが集中しやすい典型的な地形だった。あの震災時、水門では約18m、遡上高として約19mの津波を観測し、町は壊滅した。

この両石地区は、釜石市で最大規模となる海抜20mの盛り土造成を進めており、東京ドームの70%にも相当する盛り土材が連日運び入れられている。現在、全体の50%まで造成が進んでいる。

車で通るたびに、目まぐるしく地形が変化していて、誘導される道も工事の進捗状況によって変わる両石。とにかくもう私の知っている両石の町は二度と戻っては来ないのだ。そう言い聞かせる。

人工的に造成された「高台」に、再び町を作っていく。しかし、故郷両石に戻ることを希望している世帯は、震災前の40％に留まっている。戻りたくないのではない。もう戻れなくなっているのだ。


（「藍生」2016年10月号）

真冬の両石湾〈2015年2月18日〉

37 台風10号、三陸に上陸

前回、三陸鉄道北リアス線の宮古駅から久慈駅まで鉄道の旅をしたことを書いた。実はこの旅は「震災学習」が目的で、列車には甲南女子大学と長岡造形大学の学生たちと私たち大人が乗り、三陸鉄道社員による震災発生時の様子や復興の状況についてのお話を伺った。阪神淡路大震災と新潟県中越地震の被災地にある大学に通う学生ということもあって、みな真剣な表情で耳を傾けていた。

私は、震災や俳句などについて講演をしてほしいと言われ参加したのだが、まさかその十日後、台風によって、宮古駅や久慈駅の駅舎及び市街地が酷い浸水被害を受けるとは露ほども想像しなかった。まして、山間部岩泉町の甚大な被害の前には言葉もない。台風10号は太平洋側から大船渡に上陸し、私の住む釜石も午後から暴風域に入り、これまで経験したことのない激しい暴風雨に見舞われた。
正午をもって市内全域のバスが運行停止。午後二時、土砂災害警戒情報発表。十分後サイレンが鳴り「危険を感じたら避難してください」と避難所名のアナウンス。同時に釜石全域に避難勧告発令。五時にサイレン。鵜住居川や大槌川で氾濫危険水位を超え危険な状況であると放送。五時半、家の近くを流れる甲子川が氾濫する恐れがあるとして流域住民のみならず全市民に避難指示が出された。

（「藍生」2016年11月号）

台風被害前の久慈駅前。「あまちゃん」の舞台。
〈2016年8月19日〉

38　月見の宴

中秋の名月の数日後、釜石が誇る料亭「幸楼《さいわい》」にて月見の宴が催された。釜石ロータリークラブ主催の会員親睦の宴なのだが、全国の自治体から復興支援のために釜石市に出向してくださっている数多くの方々をお招きし、そのご労苦をねぎらう意味もある。

私は昨年より、第一部「月見句会」の選者を依頼され参加させていただいている。皆さん、目の前の酒肴に手も付けず、配られた短冊を穴の開くほど見つめておられる。三十分ほどで、何とか秋の一句を詠み、ようやくほっとした面持ちで酒を酌み交わし始める。

私は別室で選考にあたる。特選三句、秀逸五句、佳作十句、そしてユーモア賞五句を「たちどころに」選ばなければならない。

さて、入賞者の発表。大人の遊びとしての句会なので、それほど真剣ではないだろうと思っていたら全く違った。選に入ると子供のように喜びを爆発させる。特に出向の方が選に入ると、地元の人間から惜しみない拍手が送られる。「おめでとう」「ありがとう」の声が飛び交う。そして、みな頬を紅潮させ、釜石の未来を熱く語り合っている。釜石は第二の故郷です、と言ってくださる方も多い。
今朝水揚げされた魚や地酒「浜千鳥」を楽しみ、来年を約して帰途についた。澄みきった月が天心にかかり、皆を照らしていた。

（「藍生」2016年12月号）

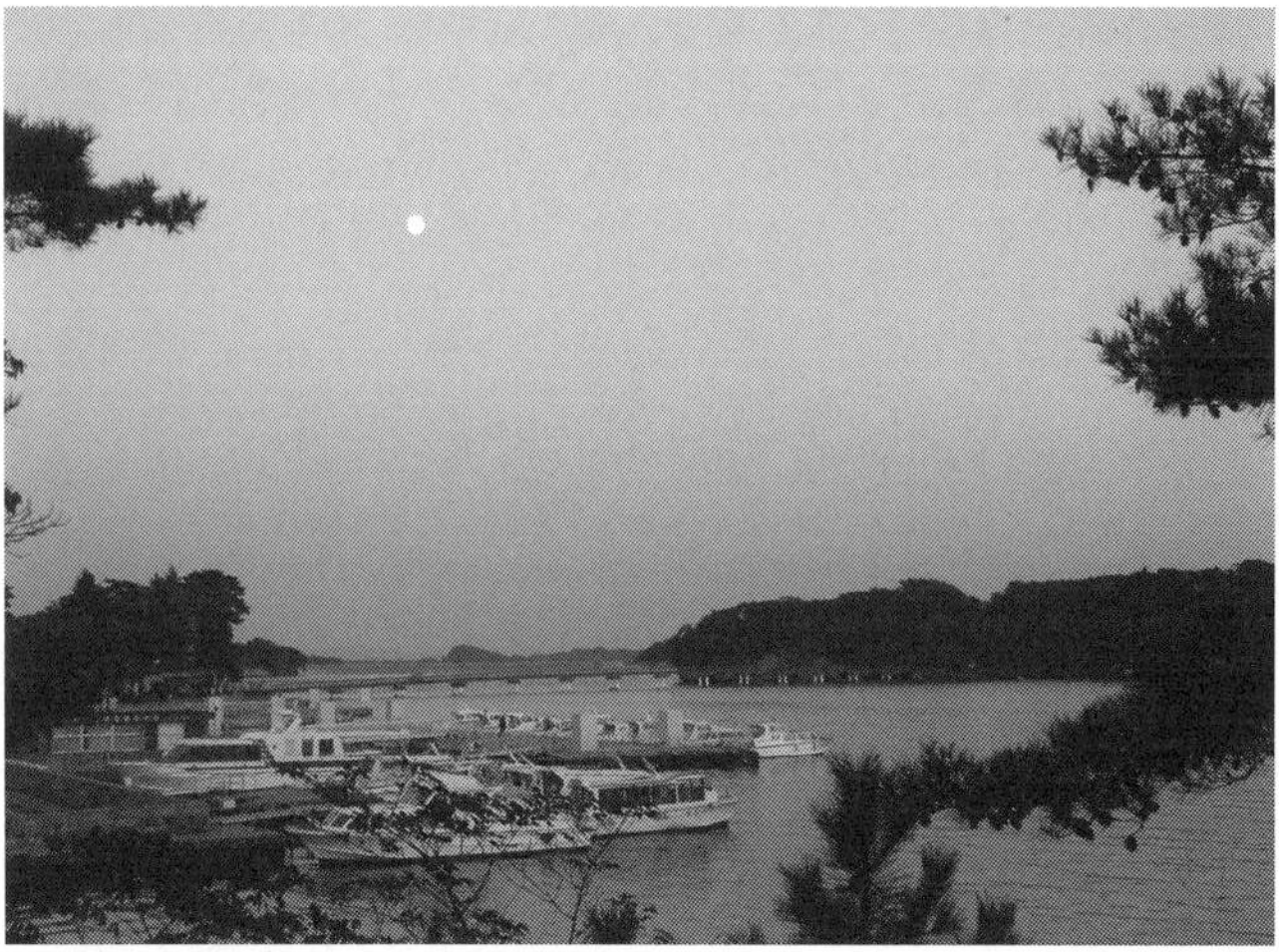

震災前の松島の月〈2008年10月13日〉

39　鮭の生き死に

十月の末、釜石が誇る清流「甲子川」を、今年も鮭が遡上してきた。早朝、大渡橋の上から川を覗き込む。いるいる。番いのオスとメスが、先になり後になりして、産卵に適した場所を懸命に探している。メスは尾鰭を激しく使って、卵を産む川底を掘っている。

道理で今日は、川が騒がしいわけだ。川幅が狭くなり、急流となっているところの脇に、シラサギがいる。その周辺にウミネコが群れている。更にこれらを取り巻くようにカラスが陣取っている。傍観者のカモたちも含めると、さながら鳥類大集合の様相だ。

サギは上流から下ってくる鮎を素早く捕らえ、くちばしから逃れようと暴れる鮎を必死に押さえつけようとしている。ウミネコは、鮭のメスが産んだ卵（腹子と書いてハラコ。釜石ではハラッコと呼ぶ）を食べようと、狂ったように頭を川底に突っ込んでいる。産卵後命脈が尽きかけている鮭を、「川の掃除屋」カラスたちが、くちばしで岸に引き揚げ、代わる代わる散々に食い散らかしている。

やがて、骨ばかりとなった鮭の骸が川底に堆積していく。鮭のいのちは、余すところなく他の生き物に引き継がれる。このドラマの一部始終を七年にわたって見てきた。あと少しで釜石を去る私は、お前も次を見据えてしっかりやれと言われているような気がする。

（「藍生」２０１７年１月号）

鮭が遡上する清流甲子川〈2016年10月29日〉

40　アートの持つ力

彫刻家の舟越桂さんからメールをいただいた。現在、東京を出て東北自動車道を北上中とのことだった。仲立ちをしてくれる方がいて、陸前高田の小中学校で「移動展覧会」をなさるという。

実は、震災の翌年の二月、桂さんに釜石にお出でいただき、五つの学校で移動展覧会をしていただいた。このプロジェクトの始まりは、敬愛する桂さんに出した一通の手紙だ。釜石の子供たちに、本物のアートを見せていただけないかとお願いしたのだった。

幸いご快諾いただき、実現に向けて動き出した。しかし、桂さんには懸念があった。彼の彫刻には、裸婦のお腹が大きく膨らんでいたり肩から手が生えていたりと「異形」のものがある。震災で家族を亡くした子供たちにショックを与えないかと悩んでおられた。

しかしそれは杞憂に終わった。子供たちは、その澄んだ眼差しで作品に向き合っていた。寄り添う桂さんに直接質問もしていた。桂さんが削ってくれたクスノキの香りを嗅ぎ、幸せそうな表情を浮かべた。伐られた木、もう生きていけない木でも、こんなに豊かな香りを内に秘めている…。桂さんの無言の教えを聴く思いがした。

作品を通して、人間の強さや脆さ、生きることの喜びや悲しみを伝えてくださった。芸術家による支援のひとつの形がここにある。

（「藍生」2017年2月号）

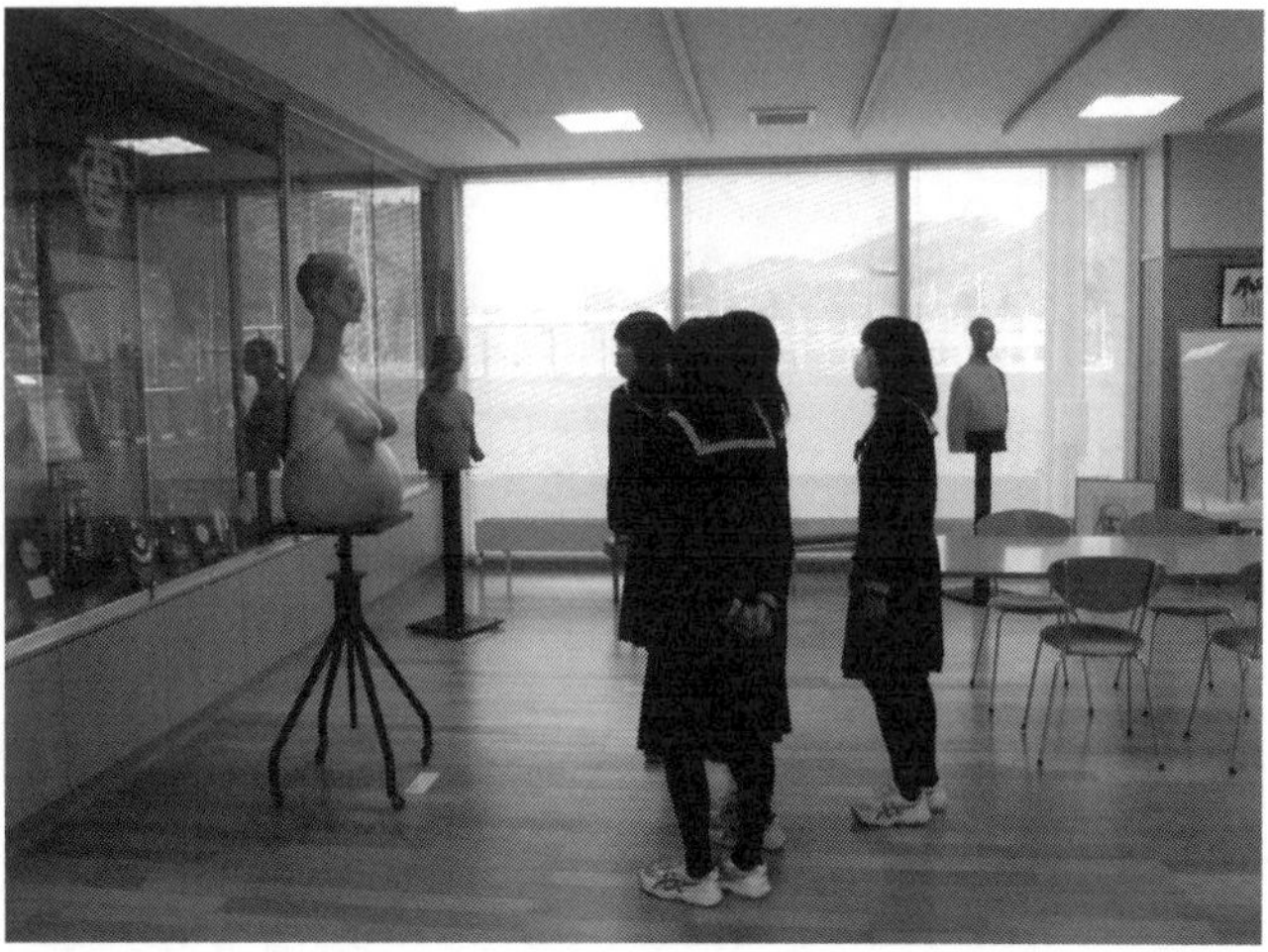

釜石高校での移動展覧会の様子〈2012年2月20日〉

41　さよならを言うために

前回、舟越桂さんについて書いた。桂さんのお姉様が末盛千枝子さんで、エッセイ集『「私」を受け容れて生きる―父と母の娘―』が大変好評である。この中で私の俳句をお取りあげいただいている。

『龍宮』から数句引いてくださった中に「さよならを言ふために咲く桜かな」の句がある。私自身、格別思い入れのある句だ。

震災後の四月中旬、釜石の桜も美しく咲いたものと思われる。実は私は、震災後の春の記憶が一部欠落しており、桜を見た記憶がない。桜の季節が過ぎ、避難所を出た私の生活も次第に落ち着きを取り戻し、過去の新聞を読み返すと、満開の桜の写真があった。

桜は、何のために咲いたのだろう。

あの日、朝「行ってきます」と家族に挨拶したきり、帰ることのなかった人々。「あなたに会えてよかった」、「幸せでした」、「今までありがとう」、「さようなら」……。伝えられなかった言葉や念が、被災地の虚空を厚く覆っていた。呼吸をしていて、息苦しかった。

そして、ある時了解した。震災後、辛くも被災を免れて咲いた桜は、さよならを告げるために咲いたのだと。咲くことで、念を断ちきった。咲くことが、別れだった。あの春、被災地の桜は咲かなければならなかった。亡くなった人の念を取り込み、桜は咲いた。

（「藍生」２０１７年３月号）

甲子川沿いの桜並木〈2014年4月17日〉

42　この涙が涸れるころ

現在、引っ越しの準備をしている。部屋の中を片付けたり、不要な紙類を束ねたり、シュレッドすべき文書を取り分けたり、身に添わなくなった衣類を市内のリサイクルボックスに入れに行ったり、賞味期限を遙かに過ぎた備蓄食糧を処分したり…。

人事異動により、転勤することとなった。前任地の一関から釜石に赴任して、七年が経った。釜石での生活にも慣れ、休日に港まで散歩したり、市場で旬の魚介類を見繕ったり、呑ん兵衛横丁でのママを相手の晩酌も軌道に乗り、さあこれから三陸の春を満喫しようと考えていたあの日、震災に遭った。そして私は、春を喪った。

部屋の片付けをしていると、震災後に頂戴した慈愛に満ちたお手紙の数々に手が止まり、一枚また一枚と、つい読み返してしまう。私のような者にも、こうやって安否を気遣ってくださる方々がこれほどいるのだ。その有り難さに、思わず涙が溢れる。鼻をぐすぐすいわせながら、いつ果てるともない片付け作業を続けていく。

湯呑みで熱燗を飲みながら、魚を焼き、汁を作る。台所に立っていると、思いがこみ上げてきて、また涙が零れる。酒を飲むほどに、泣きじゃくる。酔いながら、何かうわごとを言う。酒ってこんなに塩辛いのか。この涙が涸れるころ、私は大好きなこの町を去る。

（「藍生」２０１７年４月号）

砂浜をほとんど喪った根浜海岸〈2013年2月9日〉

43　さようなら、釜石高校

釜石を去り、北上市に転勤することとなった。七年ぶりの転勤である。県立高校で国語を教えるからには、五、六年に一度は転勤する。しかし、この度の転勤は、今までとはまったく意味が異なる。

この町で被災し、教え子は全員無事ではあったが、彼らの家族の多くは命を落とし、大切な家や財産のすべてを喪った。ラジオから流れる速報で、自分の親の死亡を知った時の生徒の引きつった表情が忘れられない。嘘だ、でたらめだ、家に電話してくると言って、公衆電話の方へ去ったきり、しばらくの間戻って来ることはなかった。実はあの時、電話は不通だった。それをわかっていても、電話へ向かっていった生徒。向かわざるを得なかった気持ちを思う。

教職員の人事異動は新聞に掲載される。私の転勤を知った生徒達は激しく動揺し、しばらくは口がきけなかったという。「もっともっと、照井先生の授業を受けたかった」と話してくれたそうだ。

離任式当日、壇上で挨拶をする私は、もう泣くことはなかった。この日までに、毎晩のように泣いていたからだ。式の後、いくつかのクラスに招かれ、歌を一緒に歌ったり、花束をいただいたり、記念写真を撮ったりした。最後の最後まで、なんて細やかな気配りなんだろうと思ったら、涙が零れた。涙は、涸れてはいなかった。

（「藍生」2017年5月号）

甲子園での応援風景〈2016年3月21日〉

44　白鳥の湖

北上市の住人となり、ひと月が経とうとしている。引っ越しに伴うあれこれにより、すっかり疲労困憊したが、幸い新任地での仕事は順調で、穏やかな日々を過ごさせていただいている。

月に一度、釜石で指導していた句会も継続することになり、年末までの釜石の宿は既に手配済みである。句会は毎月とはいかないが、土曜日に釜石に入り、鵜住居や大槌などを歩き、知人と会い、夜は句会の仲間と飲む。翌日午前は句会をし、そのままみんなでいつもの蕎麦屋で昼食をいただき、北上へ帰る。そんな流れだ。

実は「先生が遠くへ転勤し、ご指導いただけなくなったら、俳句をやめます」と何人かの方に言われていた。私は「そんな悲しいことを言わないで。決して俳句を手放さないで」と伝えていた。幸い、北上市に転勤が決まり、移動時間はかかるものの、慣れ親しんだ句座を今後も囲むことができる。仲間もホッとしている。これまでとは違う視点で釜石を見、震災について考えることができそうだ。

釜石では、ウミネコの声で目覚めていた。ここ北上では、白鳥の声で目覚める。白鳥飛来地でもある湖の畔で暮らしているのだ。（湖なのか貯水池なのかは不明）。いま群れている白鳥たちは、やがて北へと帰っていく。私は彼らを見送り、この地で時を刻んでいく。

（「藍生」２０１７年６月号）

家から二分で湿原。林の奥が勤務校。〈2017年4月10日〉

45　夢をもう一度

転勤後初めて、句座を囲むために釜石を訪れた。釜石線沿線では、ちょうど田植えをしていた。生命力をそのまま色彩に置き換えたような山吹が、地表からまさに噴き出すように咲き乱れていた。

釜石駅で仲間に出迎えられ、そのまま車で鵜住居、大槌方面へと向かう。鵜住居では、高台に建設された小学校に立ち寄った。運動会の予定だったが、前夜からの雨により、延期となったらしい。広い校庭の隅に、脚を畳まれたテントがいくつもうずくまっていた。

大槌の市街地に入った時、あまりの変わりように声を失った。土盛り工事が終わった辺りまでは何度も訪れ状況を見届けてはいた。しかし現在は、商業エリアと居住エリアの区画整理もほぼ終わり、「大通り」と呼ぶに相応しい太い道路が、まっすぐどこまでも続いている。交差する道も碁盤の目状だ。建築中の家は僅かしかない。

津波で屋敷を流され、花巻のアパート（見なし仮設）に住む知人がいる。七十代後半の彼女は現在、大槌に家を再建中だ。なんとしても、大槌にもう一度家を建て、晩年を故郷で過ごしたいという。また、自分が家を建てることで、他の人たちも故郷に帰って来てくれるのではないかと期待しているのだという。故郷を想う気持ちに理屈などない。懐かしい浜風に吹かれ、もう一度ここで夢を見る。

（「藍生」２０１７年７月号）

城山公園の頂から見た大槌の町。右奥が大槌港。
〈2017年5月13日〉

46　石楠花御殿

石楠花《しゃくなげ》の花は、今年も無事に咲いた。そして、私の記憶の奥底には、終生忘れ得ない石楠花の花々が安らかに眠っている。

釜石で住んでいたアパートの近所に、その「石楠花御殿」はあった。御殿とは、私が勝手に名付けた呼び名だが、実際のところ、そう呼ばずにはいられないほど、広い庭のほぼすべてのスペースが、色とりどりの石楠花に捧げられていた。恐らく、この家の主は、花の咲く季節を楽しみに、一年を過ごしておられたことだろう。

あの三月十一日、この庭も御殿も津波に呑まれた。この家周辺の瓦礫の撤去は後回しとなり、庭のことはしばらく失念していたが、ある日、ひょいと、その庭を覗く機会があった。そして、ここからが不思議なことなのだが、津波で相当のダメージを受けたはずの石楠花の木の多くが残っていて、しかも蕾を持ち、少し膨らんでいるのだった。奇跡が起ころうとしていた。私は、毎日見守った。しかし、蕾は蕾のままで終わった。花開く力は残されていなかった。
　その内に、美しい花の色を蔵したまま、石楠花は逝った。気力だけで、蕾を膨らませていたのだろう。念の強さに心打たれた。「死につつ生き、生きつつ死ぬ」。ふとそんな言葉が頭に浮かんだ。

石楠花の蕾びつしり枯れにけり　翠

（「藍生」２０１７年８月号）

ある庭園で見かけたアズマシャクナゲの花。
〈2016年4月24日〉

47　私のなかの海

以前「毎朝、白鳥の声で目覚めている」と書いた。この頃は、明け方の蜩の鳴き声で目覚めている。なかなかロマンチックだ。

現在勤務している高校は、北上市で最も広大な、まるで森のような公園に隣接している。森の暗がりのそこここに白百合が群生し、中には一株に二十以上もの花を咲かせるものもあり、木みたいだ。

浜を離れ、内陸で暮らすようになって、私は寂しかった。近くに海が無く、潮の香りも漂わない暮らしは、何とつまらないものか。

しかし先日、とても不思議で幸せな体験をした。

職場から帰る際、右側には件の森が広がり、左側には見事な赤松林が続いている。この林の向こうには、まるで富良野のような、なだらかな牧草地がどこまでも広がっている。

ある日の暮れ方、シャワーのように降り注ぐ蜩の声に身を委ねながら、松林越しに遠くを眺めていたところ、忽然と眼前に海が立ち現れたのだった。松林は、釜石や陸前高田などの景に取って代わり、蜩は、寄せては返す波のように響き渡っていた。

ああ、ここに海があった。私のなかに、海はちゃんと生きていた。私は目を閉じ、しばらくの間海を感じていた。潮の香りはしなかったと思う。その代わりに、百合の匂いが寄り添ってくれていた。

（「藍生」２０１７年９月号）

私が海を幻視した学校敷地内の赤松林〈2017年7月26日〉

48　月下の蟹

花巻生まれの花巻育ち。そんな私にとって、夏休みの家族揃っての海水浴とキャンプは、待ち遠しくて仕方がないイベントだった。

両親は私たち子ども三人を、釜石の根浜《ねばま》海岸、大槌の浪板《なみいた》海岸、宮古の浄土ヶ浜などに連れていってくれた。幼い頃から泳ぎが得意だった私は、自らの力を過信するがあまり、遊泳エリアを逸脱し、遙か沖合に漁船とともに浮かぶ己を見いだし、慌てたものだ。

「この夏は無人島へ行く」と言われた時は心底驚いた。大槌港でボースンに挨拶し、船に乗り、美しい砂浜に到着した。親からお礼と一升瓶を受け取った時の、ボースンの表情と言ったらなかった。

テントを張り、浜の隅にお手洗いの囲いをし、風呂用のドラム缶を置き、かまどを設置した。人間など捨てきり、思うさま泳いだ。

美しい月夜だった。炎を囲み、お喋りをした。弟が波打ち際で立ちションをしていて「痛いっ」と叫んだ。駆け寄ると、透明な水越しに、何百何千の蟹がうごめいているではないか。蟹に足の指を挟まれたのだ。親は金網を海へ刺し入れ、摑みかかってくる蟹を次々にドラム缶に放り込み釜茹での刑に処した。茹でたての小ぶりの蟹はとても美味しく、十個二十個と貪った。殻塚ができた。宮沢賢治の幻燈のような、真夏の月夜の、まるで夢みたいな出来事だった。

（「藍生」2017年10月号）

釜石市箱崎半島、仮宿漁港近くの眺め〈2015年2月8日〉

49　大島のひと

釜石に来る前の職場にいた時、私は不慮の事故により大怪我をし、二度の手術と長期のリハビリにより、精神的にボロボロだった。

気がつくと、岬の突端に来ていたり、崖の上に立っていたりした。跳べば楽になれる……頭のどこか奥の方で、誰かが囁いた。

そんな頃、よく気仙沼の大島へ出かけた。きれいな砂浜を歩いた後、堤防に座り、ビールや酎ハイを心ゆくまで飲んだ。ふらふらになって素足で彷徨う砂浜の感触だけは、確かなものに感じられた。

そんなことを何度も繰り返していたある日、ふいに後ろから声をかけられた。地元の中年の男性だった。無職だが、漁業権を持っていて、時折小舟で漁に出て暮らしているという。「ここでは、贅沢さえしなければ十分食べていけるよ。それほど働かなくてもね」。島から出ることはほとんどないと、よく日焼けした顔で笑っていた。

その後、私は釜石に転勤したが、大島通いは続いた。テトラポッドに腰掛けてビールを飲んでいると、いつも彼はどこからともなく現れた。そして、島での暮らしを、面白おかしく話してくれた。

そして震災。生活が落ち着いてきたある日、大島を訪れた。松林は消失し、砂浜は見る影もない。その後何度も島に渡ったが、彼は現れない。ゆっくり酒でも飲んでいれば、現れてくれるだろうか。


（「藍生」2017年11月号）

この浜辺で、よく飲んでいた〈2014年4月6日〉

50　岩切潤さんのこと

震災後の初秋のある日、校長室に来るように言われた。あれがばれたか、いや待て別件かと、暗い気持ちでドアをノックした。

校長先生の前に、年配の見知らぬ男性がちょこんと座っていた。それが岩切潤さんとの出会いだった。釜石の俳句愛好者の会を指導して貰いたいという。校長室では断りにくく、お引き受けした。

会員数約十人の「まゆみの会」。どなたも気っ風が良く、浜言葉丸出しの会話も新鮮だった。句会では、文法の基礎や、俳句の鑑賞法など、私の持っているもののすべてを出した。句会後は、地酒浜千鳥を酌み交わしながら、震災のこと、仮設住宅での暮らしのこと、家族や友人を亡くしたことなど、涙を流しながら語り合った。

句会の後、岩切さんとよくドライブした。私に釜石のことをもっと知って貰いたいと、三陸の一揆の碑や海嘯碑、半島部先端の小さな漁村、世界遺産に登録された橋野高炉跡などを案内してくれた。

先月九月上旬、句会が始まる前、岩切さんから誕生祝いに浜千鳥の大吟醸を頂戴した。しかし、その二週間後、岩切さんは急逝された。昭和十年生まれで、海と魚の俳句をよく詠んだ。私を釜石に引き込んでくれた恩人で、俳句の一番弟子だった。いただいた浜千鳥は、封を切れないでいる。いつか折を見て、飲みに来てほしい。

（「藍生」2017年12月号）

エスペラント訳「震災鎮魂句」出版記念会で
乾杯の音頭を取る岩切さん〈2017年3月13日〉

51　釜石まつり

今年も、釜石の秋祭りを楽しんだ。「曳き船まつり」は、尾崎半島にある尾崎神社奥宮から市内にある里宮に、ご神体を「船に乗せて」奉遷するというもの。御召船を中心に、虎舞や神楽を乗せた何艘もの船が大漁旗をなびかせて釜石港内を巡る様は、勇壮かつ華麗で、まさに三陸の海に相応しい。釜石では、神が海をお渡りになる。

今年は車で奥宮に最も近い浜まで行き、そこの高台から、船団が海上を進みゆく様を見守った。神楽船や虎舞船から沸き上がるお囃子や掛け声など活気溢れる音が、半島と半島に挟まれたリアス海岸の海上を吹き抜ける風に乗って、小さな村々に届けられる。

震災後の秋、被災によりやむなく規模は縮小されたものの、市民の熱意により何とか祭りの開催に漕ぎ着けた。伝統の虎の面も、装束も、太鼓も笛も、揃いの半纏も、みな流された。しかし、辛くも津波を免れた地区の虎舞が舞われた瞬間、見ていた誰もが泣きだした。見慣れたはずの虎舞なのに、どうしようもなく心が震えた。仮設住宅での生活では決して弱音を吐かなかった友人も、声をあげて泣いていた。誰もが、食い入るように舞を見つめていた。

虎舞は、釜石だった。釜石そのものだった。水底に眠る人々も、昔馴染みのお囃子に、自然に身体が動き出したことだろう。

（「藍生」2018年1月号）

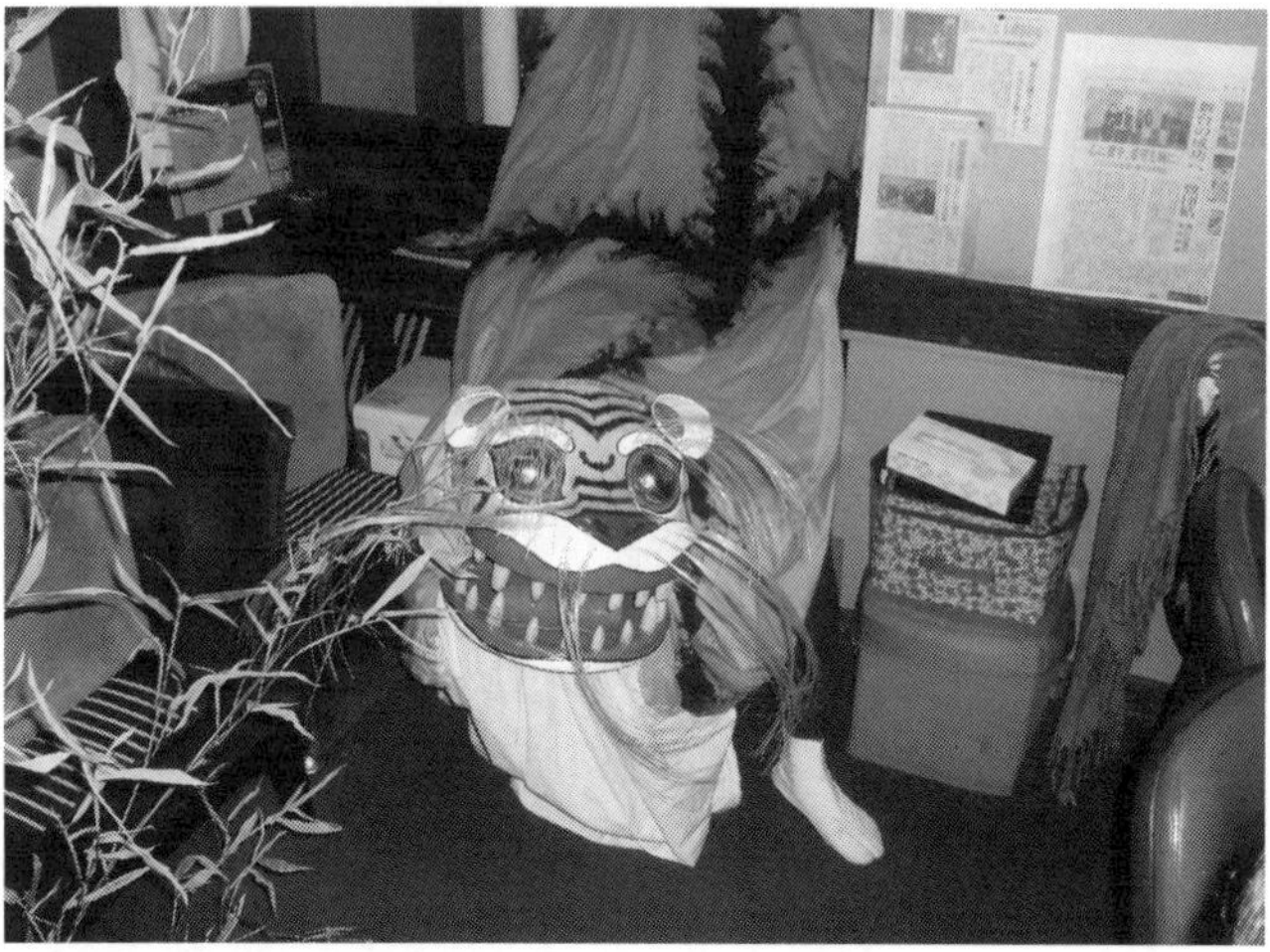

二次会のスナックに現れ出た虎〈2017年10月14日〉

52　白鳥のことば

以前も書いたが、私は今、白鳥が飛来する湖の畔で暮らしている。秋の終わり頃から、白鳥が次々に飛来し、家の中まで響いてくる鳴き声を聴いているだけで、どれほど多くの白鳥が湖に来ているかがわかる。白鳥好きの私にとって、ここはまるで楽園だ。

自宅から勤務先は、目と鼻の先なので、森に沿った小道をゆっくりと歩く。通勤というよりも散策に近い。時折、「コゥ、コゥ」と澄みきった声が空から降ってくる。二羽の白鳥が鳴き交わしながら、近くにある別の湖を目指して飛んでいく。彼らは、「翠さーん、行ってらっしゃーい」と見送ってくれているのだろう。たぶん。

白鳥は、夜中も鳴く。もう少しお時間をいただけるなら、遠くない将来、恐らく「白鳥語」をマスターできることだろう。

鳴き声と鳴き方は、その都度ニュアンスが異なる。お腹がすいている時の、切なげで悲しそうな声。身に危険が迫っている時の、緊迫した声。パン屑など餌を持ってきた人に対し、媚を売るような、たらし込むような甘い声。そして、いのちの限り愛を叫ぶ声。

野生である白鳥が、必死に懸命にいのちを明日へ繋ごうとしている。声の必死さが尊い。人間という生き物が、最も不真面目だ。

片翼の白鳥闇へ羽《は》搏《う》ちけり　翠

（「藍生」2018年2月号）

北へ帰らずに留まった初夏の白鳥。私の隣人。
〈2017年6月17日〉

53　髪を切る

あの三月十一日の夕方、私は髪を切る予定だった。通っていたスタジオは、希望するスタイリストと希望日時をネットで予約するシステムで、この日にうまく予約が取れた。因みに「本日はご来店ありがとうございました」というお礼メールも、翌日あたりにシステムから自動配信されるのだった。朗らかな女性スタイリストとお喋りしながらカットしてもらうのが、ささやかな楽しみだった。

そして震災、避難所生活。当然のことながら、カットになど行けなかったし、そもそもスタジオは津波により破壊された。私の担当スタイリストの安否は不明、店主は愛する家族を津波で喪った。

震災後、ようやく携帯電話が使えるようになった時、着信したメールの一文に心底凍りついた。そこには「本日はご来店ありがとうございました」とあった。お店に行けもしなかったのに届く自動配信メールの非情さ。怖かったし、悲しかったし、悔しかった。

その後、釜石で髪を切ったことはない。髪を切りに行こうとすると足が竦んだ。髪を切ろうとすると、また大地震が来るような気がした。また人が死ぬような気がした。どうしても越えられない壁があって、いくつかのことが今でもできない。ハサミを貰い、自分でカットするようになった。不揃いの髪型が、私にはお似合いだ。

（「藍生」2018年3月号）

震災から二日後の釜石市内の様子（携帯で撮影）〈2011年3月13日〉

54　「大丈夫です」

今年の冬は雪が多い。連日、雪がかなり降り、各家の庭などには、夥しい雪の山が築かれている。北上は、県内有数の豪雪地帯だ。

ある寒い晩、親の迎えを待っているらしい女子生徒に声をかけた。「今晩は寒いね、大丈夫?」と声をかけると、「ほんと、寒いです」と、震えるような仕草とともに迷いのない答えが返ってきた。

釜石にいた時も、よく生徒に声をかけた。「寒いね、大丈夫か?」と聞くと、大抵の場合、笑顔で「大丈夫です」との答えが返ってきた。もちろん、答えは個人個人で違って当然なのだが、被災地に暮らす生徒たちの意識の問題として、なるべく他者に心配をかけたくないという思いがあるように感じられる。誰かに気遣われても「はい、私は大丈夫です」というメッセージを発しようとする。

　生徒たちは、幼い頃から、震災後の遅々として進まない復興の状況を見てきた。周囲の大人たちが、生計を立て直すために日々もがき苦しむ姿も見てきた。大人たちの心の負担になるまいという健気な気持ちが、我慢強く、弱音を吐かない人物を形成していった。

　今春、釜石で受け持った生徒が卒業する。君たちは十分我慢してきた。少し肩の力を抜いて、苦しい時には苦しいと言おう。そろそろ、本来の「日常」を取り戻そう。そう、彼らに話そうと思う。


（「藍生」2018年4月号）

校門からの景。車道も歩道も用務員さんによる除雪。
〈2017年12月13日〉

55　地球のリズム

今年の三月十一日は、穏やかな気持ちで迎えることを阻まれた。釜石では、八日夕方から暴風・波浪警報が発表され、翌九日は、釜石線が運転見合わせとなり、土砂災害・洪水警報が発表され、川が避難判断水位となり、土砂崩れが起こり、停電となり、中心地の県道が冠水により通行止めとなり、商店や住宅が床上浸水した。慰霊祭のために早めに釜石に帰ろうとしていた人が帰れなかった。私は十日に釜石に向かった。翌日は仲間と浜を巡り、掌を合わせた。

地球には、そこに住んでいる人間など眼中にない。ただ、地球は地球のリズムで呼吸しているだけなのだ。だから、地球にとって、私たち人間の気持ちの流れなど一切関係がない。地球には、絶望も、鎮魂も、祈りもない。地球は地球を全うするだけだ。

あの三月十一日とそれ以降、津波により家を喪い、集落を喪い、大切な家族を喪った人々は、恨むターゲットすらなかった。大地震と大津波という自然災害は、地球が起こしたことだからだ。

今にして分かることだが、何かを恨むことができたなら、どんなにか気持ちが救われたことだろう。たとえ負の感情であったとしても、思いのありったけを、ターゲットに向けることができていたらと思う。遣り場のない感情は、蓄積し、やがて腐敗する。

（「藍生」2018年5月号）

大槌町吉里吉里の浪板海岸のサーファー〈2018年3月11日〉

56 本当の豊かさとは？

私の周辺では、そろそろ山菜の話題が出始めている。春一番の野の地表から、いのちの迸りそのものである山菜を、手でひとつひとつ摘み取る喜びは、体験した者にしかわからない感覚なのかも知れない。かつての狩猟採集時代の血が騒ぐと言ったらよいか。

震災の時、釜石から車で三十分ほどの遠野市に住む私の友人Aさんは、地域の人々と協力し合い、各家庭がストックしていた食料を分け合って、しばらくの間お腹を満たすことができたという。

Aさんに限らず遠野に暮らす人々は、冷蔵庫の他に冷凍ストッカーも持っている。スーパーの冷凍物のためではない。遠野の豊かな山菜文化を継承した多種多彩な山菜料理、自宅の畑で収穫した野菜、清流に棲むヤマメやイワナ・ウグイなどの川魚、釜石から届く海産物、更にはマタギの知り合いから分けて貰った熊や鹿の肉などを適切に処理し、結構な量の食料を常にストックしているのだ。
震災時、遠野でも電気の供給が止まり、ストッカーの冷凍物は次第に解けていった。Aさんたちは、庭にかまどを作り（山間部の遠野は、薪が豊富にあるし、沢水も飲める）、持ち寄った山菜や煮物、肉や魚などを温めたり焼いたりして食べ繋いだ。豊かな自然の恵みを生かしてきた祖先の知恵が、地域の人々を救ったのだ。

（「藍生」2018年6月号）

花巻の胡四王山のカタクリの花〈2016年3月29日〉

57　ケヤキのジョー

ケヤキの葉のそよぐ、爽やかな季節が巡ってきた。釜石でも、北上でも、ケヤキの青い茂りは殊のほか清々しい。先日遊びに出かけた仙台などは、見事なケヤキ並木がどこまでも続き、枝先の葉をそよがせ、触れあわせながら、風を伝えあっているようだった。

ケヤキというと、私は、釜石市民文化会館の傍らに植えられていた一本の木を思い出す。会館は、津波により一階天井まで浸水し、千二百席あった大ホールがすっかりだめになり、三十三歳の若さで命を落とした。同様にケヤキも、流れてきた家や漂流物などに何度も衝突され、相当のダメージを受けた。それにもかかわらず、瓦礫が撤去された後も、そのままの姿で立っていたので、私はてっきり震災を乗り越えてくれたものだと思っていた。どんなにパンチを食らっても倒れない、まるでボクサーみたいだと感動していた。

しかしケヤキは、新緑の季節だというのに、青い芽や葉を一切出そうとはしなかった。そして、震災から三年以上経っても、その場に立ち続けた。倒れることを自らに許さなかったジョーのように。

会館の解体に伴い、ケヤキは伐採された。毎朝、おはようと声をかけていたケヤキは姿を消した。と同時に、私は通勤路を変えた。ケヤキが生きていた場所を通ることは、できそうにもなかった。

（「藍生」2018年7月号）

伐採直前のケヤキ。君を忘れない。〈2014年5月16日〉

58　死者の遺した教え

昨年の九州北部豪雨といい、今年の西日本豪雨といい、七月は荒ぶる月との印象が強まった。いずれも、尊いいのちが喪われた。

東日本大震災から七年半。現在釜石では、最も遅れていた釜石港近接地域の区画整備が急ピッチで進められている。因みに、市の中心部から離れている両石地区では、相当な盛土を施した結果、以前とはすっかり異なる「地形」が出現した。その高台に、公営住宅や自力再建による家が建ち並び、ようやく住民は安全な生活を手に入れた。海からかなり離れた、高台に住むことになったとしても。

三陸ではこれまでも数十年に一度、大津波に見舞われた。さすがに被災後は、高台移転を実施したという。しかし、次第に津波の記憶が薄れ、海に近いところに家を建てるようになり、ある日再び津波に呑まれる…。三陸の民は、これを幾たびも繰り返してきた。

これを愚かと笑うのは簡単だ。しかし、人間とはそういう生きものなのだ。このことを、深く頭に刻んでおいた方がいいだろう。

豪雨災害の被災地では、今後も地域再興に向けた取り組みが続く。死者行方不明者の方々が、その尊いいのちと引き換えに、我々生き残った者に遺してくださった「教え」を正しく読み取り、感謝と謙虚の心をもって、地域の再興に生かしていく必要があると思う。


（「藍生」2018年10月号）

大槌町「昔の街並み模型」（文化交流センター）〈2018年7月7日〉

59　自然災害の意味

もう、言葉も無い。大規模な自然災害が、これでもかこれでもかと日本列島に襲いかかる。どれだけ悲しめば許してもらえるのか。

非常に強い勢力を持った台風21号が、九月四日、近畿地方に上陸した。大阪湾で記録的な高潮となり、関西国際空港の滑走路やターミナルビルが浸水した。私が病院の待合室でテレビを見ていたところ、関空の連絡橋にタンカーが衝突し、橋が次第に破壊されていく映像が流れた。東日本大震災の時、いくつもの船舶が堤防を易々と乗り越えていった映像と重なり、掌にじっとりと汗をかいた。

ターミナルビルの停電は、地下の機械室の電気施設が水没したことによるものだが、実は、震災時の釜石でも同様のことがあった。

釜石の中心街に、道路を隔てて二軒のホテルが建っている。Ａホテルは、ボイラー等の諸設備が屋上階にあったことから、幸い水道以外の機能には問題がなかった。しかしＢホテルは、諸設備が地下にあったため、浸水により機能不全に陥った。最終的には、水道の復旧を待って、両ホテルとも約三ヶ月半後には営業を再開した。

「想定外」という言葉は、震災で見直されたものと思っていた。しかしまだ、自分達は被災しないと過信している人がいる。度重なる自然災害は、それを分からせようとの神意なのかも知れない。

（「藍生」2018年11月号）

高潮等による釜石の恒常的な冠水〈2012年1月24日〉

60　凶暴な余震

「姉ちゃん、避難するんでしょ」「いや、しないよ。この揺れの感じだと、津波は大丈夫」「……避難した方がいいんじゃないの」「心配してくれてありがとう。でも、もの凄く眠いんだ。もう寝るよ」。

震災後のある深夜、大きな地震が発生し、津波警報が出された際、心配した弟から電話がかかってきた。私は、避難しなかった。

震災後、「余震」という控えめな名前の割に凶暴さ丸出しのもの凄い地震に幾度となく見舞われた。数分おきに、地も割れんばかりの余震に襲われた期間もある。心の糸が切れかけた。釜石は海に近いせいか、地震が来る前、地鳴りというのか、何とも気持ちの悪い「前兆」がある。直後、ドンと揺れる。前触れなどもったいぶらず、いきなり暴れたらいいだろう……。何度そう思ったか知れない。

　私の家まで津波は来た。私は二階に部屋を借りていたが、一階の方の庭や玄関まで水が来た。もしあの地震が、私が商店街で買い物をする休日に起こっていたら、どうなっていたものか。津波は「引き波」が怖いと浜の人は言う。「引き波」は一秒間に十メートルほどの速さで一気に引く。くるぶし程度の海水で、ロックがかかる。水に倒れ込んでしまったら、あとは滝を落下する速さで流される。

　激流に呑まれながら、あなたは、最後に何を見たのだろう。


（「藍生」２０１８年12月号）

震災から二年九ヶ月。釜石港の仮の岸壁。〈2013年12月11日〉

Ⅲ

沈黙と鎮魂

沈黙の詩《うた》、俳句　―東日本大震災を詠む―

国際シンポジウム
「無名な書き手のエクリチュール」基調講演1
於 岩手大学　2014年12月20日

一　三陸海岸「釜石」

数多くの岬や入江からなるリアス式海岸。北上山地の険しい山が海際に迫る。北上山地越えの難所、仙人峠。海と山の調和の魅力。旬の海産物と旬の山菜・茸を組み合わせた郷土料理。五葉山麓のニホンジカ、天然記念物ニホンカモシカ、仙人峠の野生の猿、ツキノワグマ、甲子川の鮎、甲子川を遡上し産卵する鮭、白鳥の飛来など、釜石は実に豊かな自然に恵まれている。

二　現在の釜石　震災からの復興の現状

句集『龍宮』刊行以後も、震災に関わる俳句を詠み続けている。俳句総合誌『俳句』（角川学芸出版）平成二十六年九月号に、次のような作品を発表した。

死に河豚《ふぐ》の垂直のまま流れをり
腐りゆく冷たき光梅雨茸
蜩や山の頂まで墓場
万緑の底で三年死んでゐる
分かるのか二万の蟬の溺死なら
草茂るずつと絶望してゐろと

これらは、震災から三年半後の作品である。震災からこれだけ時が経つというのに、被災地釜石の復興は遅々として進まなかった。私の詠む俳句もまた、こうした復興の現状に大きな影響を受けた。即ち、被災地で暮らすなかで、様々なことが思い通りにいかず、イライラし、焦り、虚無感や怒りを抱く作者（私）の思いが俳句に表れている。

震災の風化。置き去りの被災地。用地取得の難航、復興工事の資材不足、入札の不調、盛土工事の遅れ、仮設住宅の老朽化と健康被害、災害公営住宅建設の遅れなどの問題。震災から三年数ヶ月経っても思うように進まない復興。将来の見通しが立たないことで深まる喪失感と絶望感。内陸部への転居の加速と人口の流出。国内を見渡せば、東京オリンピック開催に向けて盛り上がっている。国内格差に苛立ちを隠せない。

因みに、先ほど紹介した俳句群のほぼ一年前、『俳句』平成二十五年十月号に発表した作品は次のようなものである。

月見草死者のその後を祈りをり
螢《ほうたる》や握りしめゐて喪ふ手
話すから螢袋を耳にあてよ
空蟬《うつせみ》の手足外してやりにけり

これらは、震災から二年半後の作品である。この時期の釜石は、復興に向けて行政も住民もあれこれ懸命に模索していた段階で、虚無感を抱くというよりもむしろ、死者を悼む思いや、喪失体験の振り返りや、あの世にいる人と繫がりたいという願いや、少し肩の力を抜いて生きていった方がよいのではないかと悩むなど、作者（私）の揺れ動く思いが俳句に託されている。

いずれにせよ、私の生み出す俳句は、居住地釜石の復興の現状に強い影響を受けた。

三　二〇一一年三月十一日東日本大震災

震災発生時の状況や、被災直後の釜石の様子などを、句集『龍宮』のあとがきより引く。

二〇一一年三月十一日、地震の前兆の不吉な地鳴り。まるで数千の狂った悪魔が地面を踏みならしているかのよう。地鳴りに続く凶暴な揺れ。ここで死ぬのか。次第に雪がちらついてきた。数十秒ごとに襲う激しい余震、そして誰かの悲鳴。避難所となった体育館は底冷えがする。大音量のラジオから流れてくる信じ難い津波被害と死者の数。スプリングコートをはおっただけの身体をさする。誰かが灯してくれた蠟燭の揺らめきをぼんやり眺める。それにしても今夜の星空は美しい。怖いくらい澄みきっている。何か大きな代償を払うことなしには仰ぐことが叶わないような満天の星。このまま吸い込まれていってしまいたい。オリオン座が躍りかかってくる。鋭利な三日月はまるで神だ。

避難所で迎えた三日目の朝、差し入れられた新聞の一面トップに「福島原発　放射能漏れ」という黒い喪の見出しと信じ難い写真。ああだめだ、もう何もかも終わりだ。こうしてはいられない。避難所を出、釜石港から歩いて数分の、坂の中腹にある我がアパートを目指す。てらてら光る津波泥や潮の腐乱臭。近所の知人の家の二階に車や舟が刺さっている、消防車が二台積み重なっている、泥塗れのグランドピアノが道を塞いでいる、赤ん坊の写真が泥に貼り付いている、身長の三倍はある瓦礫の山をいくつか乗り越えるとそこが私のアパートだ。泥の中に玉葱がいくつか埋まっている。避難所にいる数百人のうな垂れた姿が頭をよぎる。その泥塗れの玉葱を拾う。避難所の今晩の汁に刻み入れよう。

戦争よりひどいと呟きながら歩き廻る老人。排水溝など様々な溝や穴から亡骸が引き上げられる。赤子を抱き胎児の形の母親、瓦礫から這い出ようともがく形の亡骸、木に刺さり折れ曲がった亡骸、泥人形のごとく運ばれていく亡骸、もはや人間の形を留めていない亡骸。これは夢なのか？　この世に神はいないのか？（以上あとがき）

今、このあとがきを読み返すと、あの震災は本当にあったことなのか、たちの悪い夢だったのではないかという思いがしてくる。

春の星こんなに人が死んだのか
泥の底繭のごとくに嬰《やや》と母
双子なら同じ死顔桃の花
喪へばうしなふほどに降る雪よ

震災直後の混乱と混沌の時期を越え、少し落ち着きを取り戻したあたりに、ようやくこれらの句を詠んだ。俳句を読み返すと、すぐさまあの日が蘇る。一気にすべてを思い出す。

四　被災直後　釜石高校での避難所生活

両親を亡くした生徒が四名、片方の親を亡くした生徒が十六名。その他、祖父母や叔父叔母、親戚なども喪った。家屋と全財産を喪い、茫然自失となる生徒たち。

震災発生直後、揺れが少し収まったあたりに、校舎内の生徒約三六〇名を校庭に避難させた。非情にも、冷たい雪が舞い始めた。生徒たちは、とても不安そうだった。その後、体育館へ移動し、ここで夜を明かすことになった。徐々に、周辺の地域住民の方々も避難してきた。

避難所設営のために、生徒たちは合宿所から毛布や布団などを次々に運んだ。マットやシートをフロアに敷き、少しでも寒さをしのぐ工夫をした。

生徒たちは、一枚の毛布に四、五人でくるまって横になっていた。広い体育館に置かれた三台のダルマストーブを皆で幾重にも取り囲み、不安な一夜を過ごした。本震並みの激しい余震に夜通し見舞われ、誰一人一睡もできなかった。

生徒七〜八名を一つの班とし、班ごとに五百ミリリットルのペットボトルを一本、煎餅数枚、板チョコ一枚の食糧を配布した。私が、「食べるもの、これしかなくてごめんね。皆で分けて食べてね」と渡しながら言うと、どの生徒も、「先生、僕たち、食べられるだけ幸せです。有り難うございます」と感謝の言葉を口にしてくれた。

体育館のフロアに置かれた大音量のラジオから、「大槌町、壊滅と思われます」「山田町、壊滅と思われます」というアナウンサーの声が響く。生徒たちから、「先生、壊滅ってどういうことですか?」と尋ねられ、「少し落ち着こうね、まだ被災状況は調査中なのだから」と答えた。もちろん、生徒は「壊滅」の意味など知っている。知ってはいても、自分の住む町が壊滅したとは絶対に信じたくなかったし、絶対に受け容れられないことだった。

深夜、ある男子生徒の父親が、泥で汚れ、憔悴しきった表情で体育館を訪ねてきた。「先生、うちの息子いますか?」。引き合わせると、息子の肩に手を置き、「家ごとお母さんが流された。今まで必死で捜したが、どうしても見つからない」と言って泣きながら息子を抱きしめた。生徒は無言で頷き、悲しみに耐えていた。

これも深夜、十日前(三月一日)に卒業した女子生徒が泥で汚れた格好で体育館を訪ねてきた。「先生、私ね、いったん津波に呑まれて流されたの。でも、水の中で足元のものをバンと踏んだら、浮かびあがったの。そして必死で何かにしがみついたら、それが電信柱だったの」。泥まみれのひどい姿に何かを羽織って、「先生、私、津波に負けなかったよ」と話す彼女の目の異様な輝き、少し正気を失ったような表情が忘れられない。ともあれ、彼女は、地獄からこの世へと生還を果たしたのだった。

参考として、我が師加藤楸邨の句を次に示す。

髪焦げて教へ子は来ぬ緋桃抱き　楸邨

この句は、戦時中、かつての教え子が楸邨を訪ねてきた時のことを詠んだ句だ。その子（恐らく女子生徒）は、戦火で髪が少し焦げてはいたが、濃い紅色の緋桃の花をその胸に抱き、花の生命力とともに、恩師楸邨の前に現れたのだ。

我が師楸邨の教え子は戦火を逃げ延びた。私の教え子は、津波の底から逃げ延びたのだった。

震災の翌日か翌々日のこと、携帯電話でテレビを見ていた生徒がA子に向かって声をあげた。「A子、死亡者名簿に、あなたのお父さんとお母さんの名前が出ている……」。「今何て言った。あんた今何て言った！　嘘ばっかり。あんた、嘘つき！」とA子は立ち上がって叫び、「私、家に電話してくる」と言って体育館を出て行ったきり、しばらくの間戻ってこなかった。

校舎内に公衆電話はあったが、震災後まったく通じなくなっていた。このことは生徒も教師もわかっていた。しかし、そうと知りつつも、A子は家に電話をかけると言って出て行ったのだ。

後日、A子の両親は遺体となって発見された。夫婦で経営していた店舗ごと津波に呑まれたのだった。その後、A子とその兄弟は、祖母に引き取られた。

震災から八ヶ月経った十一月末頃、ある女子生徒から学校に電話がかかってきた。「先生、明日学校を休ませてください。今日、警察から電話があって、お父さんが両石湾に浮かんでいるところを漁師さんが見つけてくれたそうです。ズボンのポケットに免許証が入っていたので、身元が判ったそうです。明日、叔母さんと一緒に遺体検分に行ってきます」。

震災から八ヶ月経ち、少しずつ落ち着きを取り戻していた時期に起こったこの出来事に、私は衝撃を受けた。そして悟った。まだ何ひとつ終わっていないのだ、そして恐らく何ひとつ始まってさえいないのだと。そして、震災から三年数ヶ月経った現在も、同じことを感じている。

五　避難所で生徒と俳句を詠みあう

避難所となった本校の体育館は、釜石市指定の避難所となり、市役所職員が運営することになった。親を亡くしたり、親自身が避難所生活をしているため子供を引き取れないなどの理由を持つ生徒約四十人と、津波浸水区域に家があって帰ることができない私など一部の教師は、セミナーハウス（合宿所）に引っ越すことになった。約一ヶ月半、生徒たちはここで避難所生活を送った。親が迎えに来て、一人欠け二人欠けし、最後には二十人程の生徒が残された。

生徒は、食堂のテーブルで勉強をしたり、本や雑誌を見たりして過ごしていた。私は、ポケットの紙切れやメモ帳に走り書きしていた俳句のもとのようなものを、推敲しながらノートに一句一句清書していた。

そんな私のもとに何人かの生徒が近寄ってきて、「確か照井先生は、俳句を詠むんですよね。本も何冊か出してるとか。どんな俳句ができたんですか？」と覗き込んできた。それほど興味があるならと、ノートにまとめた句の中から何句か選び、紙片に筆ペンでしたため、彼らの前に並べていった。

なぜ生きるこれだけ神に叱られて
もう何処に立ちても見ゆる春の海

ランドセルちひさな主喪ひぬ
しら梅の泥を破りて咲きにけり

しばらく眺めていた生徒が、「先生、この句わかるよ」と、いくつかの紙片を手にして俳句の感想を言ってくれた。そして、「僕たちも俳句を作るよ」と言い、紙片に何やら書き始めた。句ができるたびに私に見せるので、少しだけ手を入れ、形を整えてあげた。それが嬉しかったらしく、どの子もしばらくの間静かになり、集中して何句も作っていた。そして、自信作ができた場合は、避難所の連絡事項を書くホワイトボードに、大きな字で自分の句を書いていた。

当時、生徒を取り巻く現実は、日一日と厳しさを増していった。大地震と大津波によって、大切な家族や家屋・思い出に繋がる品々を全て失ってしまったのだ。そんな彼らにとって、俳句という「虚」の入り混じった世界に遊ぶことは、現実を少し離れ、想像や空想の世界にしばし憩うことだったと思われる。自分の内面を見つめ、自分と対話する時間は、避難所生活のなかで、とても貴重な時間であったことだろう。改めて、言葉の力、フィクションの力というものを考えさせられた。

六　被災直後　釜石市内の様子　人々の様子

喪へばうしなふほどに降る雪よ

震災に遭った後では、例えば、雪が降り積もれば積もるほど虚しかった。それ以前の、綺麗で嬉しい雪ではなくなってしまった。ただ虚しく、喪失感が募った。非情なことに、震災後、連日のように沿岸特有の春の大雪に見舞われ、雪掻き仕事で大変だった。避難所でこんなに辛い思いをしている私たちなのに、まったく神も仏もいないのかと空を仰いだ。そうこうしているうちに、釜石や大槌の甚大な被害や、被災地の広域的な被害の状況が次第に明らかになっていった。あってはならない福島の原発事故も起こってしまった。私たちは一体どれだけ大切なものを喪ってしまったのか。

津波より生きて還るや黒き尿《しと》

津波に呑み込まれ、その汚れた水を飲んだことで、腎臓がやられしまい、毎日黒っぽい尿が出た友人がいる。しばらくの間、生命の危機に瀕した。

潮染みの雛《ひひな》の頰を拭ひけり

愛する妻を津波で喪った友人の姿と重なる一句。彼は、「ごめんな、守ってあげられなくてごめんな」と言いながら、ペットボトルの水で妻の顔の泥を丁寧に拭き清めた。

春昼《しゅんちゅう》の冷蔵庫より黒き汁

津波に流されたのだろう、廃墟の傍に冷蔵庫がぽつんと残されていた。その冷蔵庫の中から、ツーっと黒い液体が伝っていた。恐らく、庫内のものが、すっかり腐乱してしまっているのだろう。あるいは、庫内に入った津波泥が、外に出てきたものか。冷蔵庫の中に残されたままの「津波」。

つばくらめ日に日に死臭濃くなりぬ

釜石駅前から、「遺体安置所行き」とダンボールにマジックで手書きされたバスが出ていた。精も根も尽き果て、ボロボロになってバスに乗り込む人々。自分の家族や大切な友人のご遺体が見つかるまで、離れた町のものも含め、毎日何ケ所もの安置所を捜し回るのだ。安置所を巡るなかで、いつしか染みついてしまう死臭を、それぞれの避難所に持ち帰ることになる。こうした日々が続くと、避難所の空気の中に、死臭を含む様々な異臭が漂い始める。もの凄まじいまでの臭気。テレビ報道などの映像では絶対に伝えられない臭気だ。被災地を吹き抜ける冷たい風や、降り続く雪の冷たさなど、どれも映像や報道では伝えられないものばかりだった。

こんな震災の後でも、燕は釜石に来てくれた。燕の成鳥は、前年の自分の巣を憶えていて、その近くに戻ってくる習性があるという。津波で流されたため、去年巣をかけた家のあった町がごっそりと無くなっているのを見た燕は、さぞかし驚いたことだろう。しかし、野生の彼らは、町のいたるところにある瓦礫の山から材料を見つけては巣を作り、ちゃんと子を産み育てた。私たちは、燕が大空を自在に飛ぶ姿を、憧れをもって眺めていた。翼を持たない人間は、結局どこへも逃げられず、みじめな感じがした。

七　俳句とは何か　震災と俳句

広大無辺のスケールを持つ自然。それに対して、極小の存在としての人間。その小さな存在である人間の、いのち・こころ・たましいを、僅か十七音のなかで詠む短詩型文学が俳句である。

人間は、危機に瀕した時、「本当の心の叫び」のような形で言葉を発したり詩を生み出したりするものだ。言葉は、命の実存に寄り添う。

人は、危機に瀕し極限状況に置かれると、精神が高揚し、全身が神経そのものとなり、感覚が研ぎ澄まされる。また、自分という存在を見つめ直したくなったり、生きた証が欲しくなったりする。自分の心を映しだす「鏡」が欲しくなる。

高野ムツオ氏の句集『萬の翅』が読売文学賞を受賞した。審査員で詩人の高橋睦郎氏は、「阪神淡路大震災の時、ニューコークのテロ事件の時、短歌の五七五七七のリズムと型式はこれを表現するのに合っていた。しかしこの度の東日本大震災は、俳句の方が適う型式だった。その理由は、五七五という最短の定型が含み込まざるを得なかった『沈黙』の量にあるだろう。その沈黙のみが今回の大災の深刻によく応え得たということだろう（要旨）」と論評した。

俳句は、「切れ」と「間」を生かす文学である。「間」とは空白、沈黙。その俳句の「間」を、豊かな時間・空間そして心理までもが往還する。「切る」ことで、詩想の流れが断ち切られ、詩情が活性化してくる。そこに、詩的飛躍や変容が生じ、韻律・リズムも生まれてくる。俳句が、詩から音楽に変わる瞬間だ。

夏草や兵どもが夢の跡　芭蕉

切れ字「や」により断ち切られ、生じた「間」。この「間」において、作者も読者も時空をゆったりと往還する。「間」が内に含む沈黙の深さにより、生と死の往還をも可能になる。

季語は、日本というモンスーン地帯（例えば「梅雨」と呼ばれる雨季があり、夏は高温多湿で、稲作に適する）の自然環境と結びついた言葉である。季語は、その言葉自体の意味ももちろん大切だが、それに加えて、日本の四季折々の時間・空間をも含み込んでいる大変豊かな言葉である。まさに日本人が積み上げてきた感性の集積であり、美意識の極致と言える。

八　俳句の虚実

いとうせいこうの小説『想像ラジオ』。彼は、「死者の言葉を聞けるのが小説」と話す。しかし、俳句は「虚空」が描け、「空《くう》」が詠める稀有な文学だと思う。

ぼうたんの百のゆるるは湯のやうに　森　澄雄

森先生は、よく「いっぺん目を瞑った句」という言い方をされた。頭で作るなの意であろう。実は、先生がこの句を詠んだ時、牡丹の花は散ってしまった後だったという。つまり、実際には牡丹の花盛りを見なかったにもかかわらず、「百のゆるるは湯のやうに」という、詩心横溢する見事な作品を詠まれた。牡丹の花盛りを見なかったからこそ、また

「いっぺん目を瞑った」からこそ、牡丹の花の「真実」が見えてきたのだろう。「湯のやうに」との平明で深い把握こそ、「空《くう》」の豊かさだと思う。

芭蕉の言葉に、「虚に居て実を行ふべし」というものがある。その意味するところは、客観的事実にとらわれることなく、「虚」の側に身を置き「虚」に委ねて、そこから真実に迫っていけということだろう。

東日本大震災の体験をもとに、これまで継続的に釜石を、震災を詠んできた。その句は、死の側から生を照らし出し、生の側から死を照らし出す俳句であったように思う。死者の声を聴き、死者の無念に向き合おうと試みてきた。それは、幻想・幻視の俳句であり、アニマティズムの表現世界であった。現在は、生と死の「融和」を俳句に詠むことができないか、考えているところだ。

死の側から生を照らし出し、生の側から死を照らし出す俳句とは、例えば私の次のような句が該当すると考えている。

双子なら同じ死顔桃の花

喉奥の泥は乾かずランドセル

朧夜の首が体を呼んでをり
津波引き女雛ばかりとなりにけり
つばくらめ日に日に死臭濃くなりぬ
彼岸雪土葬の土を被せけり
牡《ぼう》丹《たん》の死の始まりの蕾かな
漂着の函《はこ》を開けば春の星
卒業す泉《せん》下《か》にはいと返事して
屋根のみとなりたる家や菖蒲葺《ふ》く
いま母は龍宮城の白芙蓉
撫子《なでしこ》のしら骨となり帰りけり
初螢やうやく逢ひに来てくれた
面つけて亡き人かへる薪能
外の輪は脚の無き群盆踊
虹の骨泥の中より拾ひけり

九　未来へ……己の生き方としての俳句

大震災から三年九ヶ月が経過した。震災体験の内面化・深化、思索の沈潜化、そして詩としての昇華が求められる時期にきている。

思念を深くし、鎮魂の思いや祈りを込めて俳句を詠んでいこうと思う。俳句が内蔵する、深く豊かな「沈黙」を一句に生かすことを念頭に置きながら。

私の震災俳句は、例えば「神話」のようなものかもしれない。つまり、東日本大震災という未曾有の災害の「かけら」を拾い集め、繋ぎ合わせて、私の認識した「世界（神話世界）」を再構築したもののように思われる。俳句の形式を用いて、構造化したものと言えるだろう。

哲学は答えをくれる。それに対して、文学（俳句）は答えをくれないが、一緒に悩んでくれる。寄り添って生きてくれる。

春の星こんなに人が死んだのか
寒昴《かんすばる》たれも誰かのただひとり

これらの句には、生な表現や剝き出しの観念語が用いられている。通常、俳句では、こういう詠み方はしないものだ。しかし、それでも詠まざるを得ない思いがあるということを、この度の震災で気づかせられた。

生きるとは何か、なぜ二万人もの罪のない人々が津波で死ななければならなかったのか……。それを己に問いかけ、答えを探す旅の中に私はいる。それは、恐らく、終わりのない旅だ。

そこにある「花」

この一月十七日、阪神大震災から二十年という大きな節目を迎えた。テレビ等の特集番組では、大切な家族を家屋の倒壊により亡くした方が、亡き人の思い出を語り、感謝の言葉を口にしていた。そして、亡き人のことを忘れることなどあり得ない、一日として癒やされることはないと話しておられた。

そして三月十一日、東日本大震災から四年目を迎える。この一月から三月までの寒さ厳しい季節、鎮魂と祈りの果ての無いリレーをしているように感じられて仕方がない。

東日本大震災からちょうど二年経った頃、仙台文学館において俳人の集いが開催された。震災詠がテーマだったせいか、会場を埋め尽くす人々の熱気が凄かった。言葉を持つ者が、この未曾有の厄災にどう向き合い、どう表現していったらよいか、見つめ直すのにちょうどいいタイミングだった。

被災した俳人により自作が朗読された。

地の底に行方不明のさくら咲く　渡辺誠一郎

しずけさは死者のものなり稲の花　〃

明日ありと夕焼けており牡蠣の湾　佐藤きみこ

つばめ帰る雪白の胸弔旗とし　〃

牛虻よ牛の泪を知つてゐるか　永瀬　十悟

蜃気楼原発へ行く列に礼　〃

一句目。行方不明になったのは人間だけではない。桜並木も丸ごと沖に流された。地の底で美しい花を咲かせる桜を想う。三句目。津波で壊滅した牡蠣筏。その牡蠣の湾が夕焼けに染まる。まるで明日という日が来ることを約束するかのように。五句目。普段から近くにいる者にも、その人の本当の苦しみや悲しみはわからない。本人にしかわからない。

これら被災者の紡ぐ詩は、苦悩を胸の奥に深く沈め、思いをはらわたの底から絞り出すように詠う点が特徴と言える。愛する故郷を津波に呑まれ破壊され、絶望的な揺れにより町ごと倒壊した。大切な家族や友人を何人も喪った。自分を呑みこんだ黒い波が、夜毎夢の中まで追って来てまた呑まれる…。

あの時でなければ詠めなかった、俳句にはそういう側面がある。詠える時期を逃すと、二度と詠えなくなるということも、実際に被災した俳人は思い知らされた。

その瞬間でないと、まだ「熱」が残っている時でないと、生々しさは伝えられない。テンションが異常に高く、ある種ヒステリックな状態で詠まれた句もあるだろう。それにしても、一瞬一瞬を生ききっていなければ、そうした俳句も生まれるべくもない。

俳人はやはり俳句を詠むしかない。一句詠むことを通して、己を知る、己に至る。その繰り返しのように思われる。対象を己の中に取り込み、感じ、思考し、詠う。成った一句について、再び思考し、得たことを次の一句に生かす。その豊かな繰り返しのなかで、俳句は深まってゆくのだろう。

私自身の俳句は、震災から時が経過するなかで、変化していったのだろうか。ここでは句だけ挙げておく。

牡蠣太る海の奴隷の人間へ　二〇一三年初春
寒念仏《かんねぶつ》津波砂漠を越えゆけり　〃
送火の火跡を残し掃かれをり　二〇一三年夏
螢《ほうたる》や握りしめゐて喪ふ手　〃
霧がなあ霧が海這ひ魂《たま》呼ぶよ　二〇一三年秋
帰り花こんどはこたに苦しまぬ　二〇一三年晩秋

昨年一月、ある雑誌の企画で釜石にて高野ムツオ氏と対談した。鵜住居や大槌を一緒に歩いた。震災から三年を迎えるというのに、大槌ではまだ瓦礫の撤去をしていた。大槌にしても鵜住居にしても、これほど復旧事業が遅れている被災地はないのではと語りあった。その後発表された氏の作品に、この折の俳句と思われるものがある。

ただ凍る生が奇蹟と呼ばれし地
凍《しば》れ日のこれも花とか魚の腸

一句目。鵜住居は震災時、小中学生が全員避難して助かったことで「釜石の奇跡」と呼ばれる。それを踏まえ「生が奇蹟と呼ばれし地」と詠む。走って避難して振り返ると津波が後ろに迫っていたという状況だった。訪れた時の鵜住居は、復旧への動きが全く感じられなかった。「ただ凍る」と詠まれる現実の冷酷さ。二句目。氷点下の浜の景か。凍った魚の腸が「花」のように見えたのだ。誰も一顧だにしない景を切り取る視点と鋭い切れ味に大変感動した。ここに「花」がある…。こうした視点が、普段から海をよく見、感じている人の見方なのだろう。ちょっと浜に立ち寄ったくらいでは見えない「花」。

この一瞬を生ききってさえいれば、誰も顧みることのないもののなかにも、きっと「花」を見い出すことができるだろう。

（「俳誌要覧二〇一五年版」（俳句四季）巻頭言）

命の花、ふたたび

喪へばうしなふほどに降る雪よ　翠
降りつづくこのしら雪も泥なりき　〃

あの東日本大震災から早くも四年が経とうとしている。一般論として、四年もあったなら、被災地も大分復興するように思われる。しかし、ここ被災地では、四年というボリュームを実感できかねている。あの厄災の瞬間から、時が前に進もうとしないのだ。時というものは、何も砂時計の砂のようにさらさらと流れることを約束されてはいないようだ。ガラスの中の砂が、コンクリートのように固まってしまうことだってある。

春の星こんなに人が死んだのか　翠

青山背木《やませ》に生《な》るやうに逝きし人　〃

二万人を超える人々が津波でほぼ一度に亡くなったと考えると、死が抽象的になってしまう。そうではなく、あの時、ひとりひとりの掛け替えのない命の花が、個々に二万回散った。そう捉えてはじめて、一人一人の死を想い描き、寄り添うことができる。

「人は二度死ぬ」という。一度目は、その肉体が滅んだ時、そして二度目は、その存在が忘れ去られた時だという。

大津波に呑まれて命を落とした人々は、あの時一度死んだ。そして今、震災の記憶が風化し、そんな怖いことあったかしら、節電なんてしたかしらという日本全体のムードの中で、彼らは「二度目の死」を迎えようとしている。それは、二度と思い出されない死だ。

霧がなあ霧が海這ひ魂呼ぶよ　翠

別々に流されて逢ふ天の川　〃

なぜ二万もの罪のない人々が、津波で死ななければならなかったのだろう。なぜ、朝、行ってきますと言ったきり、家に戻ってこられなかったのだろう。なぜ自分が生きて、あの人が死んでしまったのだろう。この問いかけをやめてしまったら、すべておしまいだ。あの日あの時、沿岸部の人々は、何もかも完膚無きまで喪った。そして、喪ったものの大きさやその意味も分からぬまま、止まった時の中で呆然と立ち尽くしている。

こうした沈滞ムードに暗く覆われた釜石だが、いくつか明るいニュースもある。

昨年の十月末頃から、釜石の「鮭川」である甲子川に、たくさんの秋鮭が帰ってきた。鮭の成魚とは、だいたい四年~五年魚を指す。つまり、震災の年に生まれた鮭が、四年の歳月を経て、母なる川に回帰してくれたことになる。震災の年、地元の漁協は、放流に十分な量の稚魚を調達することができなかった。そうであるにも拘わらず、鮭たちは銀鱗を煌めかせて母川に回帰し、つがいとなり、命を懸けて川底に卵を産んでくれた。

あの日、海はすべてを奪っていったが、命を繋ぐ尊い営みも海からもたらされた。朝な夕な、甲子川にかかる大渡橋の上から、鮭の生の営みをじっと見つめる釜石の人々。命の花を、再び咲かせなければならない。凍りついた時を、動かす時が来ている。

（「俳壇」2015年3月号）

沈黙と鎮魂

東日本大震災の発生したあの日から、もうじき六年が経つ。

最近、不思議と、震災当日に感じた恐怖や、釜石での避難所生活のことを思い出す。頭の中で映像が勝手にひとり歩きし始め、気がつくと、涙が頬を伝っている。映像の最後が、必ず悲しい場面で終わるからだ。こういうことが、自分ではどうすることもできない大きなうねりとなって、自分の中を流れていく。これが、トラウマというものなのだろうか。

私は、釜石での震災体験を基に俳句を詠んだ。あるいは、実際には体験しなかったことも、壮絶な体験をした友人や教え子などの話を基に詠もうとした。

避難所で暮らしていると、毎日誰もが嗚咽を漏らしながら、時にヒステリックに自らの被災体験を他者に語っていた。語ることで、生きているこの現実世界に取りすがろうとしているかのように見えた。また、語ることで、本来の自分を必死に取り戻そうとしているかのようだった。そして、私もまた、俳句を詠むことで、精神的なバランスを取ろうとしていた。

悲しみに寄り添う句

自分を取り戻すために詠んだ俳句が、人様の心に届き、その方の悲しみに寄り添うことがあるということを、この度知ることとなった。

潮染みの雛《ひひな》の頬を拭ひけり　翠

「この句に詠まれた雛は、雛ではなくて、私の大切な妻です」。ある方から言われた言葉だ。

その方は、愛する奥様を津波で喪ったのだった。「ごめんな、守ってあげられなくてごめんな」と言いながら、持っていたペットボトルの水で、泥に覆われた奥様の顔を丁寧に洗い清めたのだという。

後日、私の俳句と出会い、この潮染みの雛は、まさしくあの日の妻の姿そのものだと感じられたのだ。そして、自分にとって大変辛い句ではあるものの、妻の最期の姿を思い返すたびに、決まってこの句を思い出すと、涙ながらに話してくださった。

この句の場合は、人様の悲しみに寄り添うというのとは少し異なるが、大切な人を喪った方にとって、その壮絶な体験と分かちがたく結びついて、忘れられない一句となったケースだろう。

三・一一神はゐないかとても小さい　翠

私の俳句の先輩が、家族同然に飼っていたペットが亡くなり、心底落ち込んでいたが、あなたのこの句に出会って救われたと話してくださった。

〈神はゐないかとても小さい〉というフレーズを心の中で繰り返していると、愛するものを喪った悲しみが徐々に和らぎ、癒されるのだという。

自分の波立つ思いを鎮めるために詠んだ句が、人様の心に届き、共鳴していただける不思議。かの震災では多くの方が命を落とし、遺された家族や親類の方もいまだ悲しみの渦中にいる。そういう方々の心に、拙句が寄り添ってくれるとしたら、望外の喜びだ。

鎮魂句　戦争の場合

ここで視点を変え、戦争をテーマに詠んだ俳句において、鎮魂の思いがどう表現されたかを見てみたい。

水脈の果て炎天の墓碑を置きて去る　　金子兜太

炎天下、戦場となった南の島を去る作者には、墓碑だけが見えている。激しい戦闘で、あるいは慢性的な飢餓により非業の死を遂げた数多くの戦友を弔った。〈炎天の墓碑〉という簡明直截な表現が、かえって戦友への鎮魂の思いを強めている。島を去ってゆく水脈の果てに、点となるまで墓碑を見つめ続ける作者。

死にし骨は海に捨つべし沢庵噛む　　金子兜太

これも鎮魂の句。多くの戦友が命を落とした絶望感や虚無感を見つめ続けた作者は〈死にし骨は海に捨つべし〉の簡明な表現に辿り着いた。そして、彼らの死を無駄にしないためにも、生き残った自分はしっかりと生きていかなければならないと強く決意した。

金子兜太の戦争俳句は、戦争で亡くなった人への追悼の思いや鎮魂の思いを「はらわた」で詠んだものだ。一句を詠むことで、自ら癒され、生き方を見つめ直す契機とした。と同時に、俳句を読み味わう側も、表現された世界観に心からの感動を覚え、癒された。

震災であれ戦争であれ、鎮魂の思いを詠む際に前提となるのは、そこにある厳しい現実を直視するということだろう。生々しい現実に向き合い、本質を探り、思索を深めることなしには、表出された一句は同情や憐憫など表層的なもので終わってしまう。

死者を悼むということは、死者に己の恥ずかしくない生きざまを見ていただく、つまり、死者に誓うことなのかもしれない。

俳句　その沈黙と鎮魂

車にも仰臥という死春の月　　高野ムツオ

瓦礫みな人間のもの犬ふぐり　〃

高野ムツオ氏の句集『萬の翅』が、読売文学賞を受賞した時、私も授賞式に参加することができた。

高野氏の受賞理由を、審査員で詩人の高橋睦郎氏は、「阪神淡路大震災の時、ニューヨークのテロ事件の時、短歌の五七五七七のリズムと型式はこれを表現するのに合っていた。しかしこの度の東日本大震災は、俳句の方が適う型式だった。その理由は、五七五という最短の定型が含み込まざるを得なかった『沈黙』の量にあるだろう。その沈黙のみが今回の大災の深刻によく応え得たということだろう（要旨）」と論評した。

そもそも俳句は、「切れ」と「間」を生かす文学だ。一句を〈切る〉ことで、詩想の流れが断ち切られ、詩情が活性化する。そこに、詩的飛躍や変容が生じ、韻律が生まれ、俳句は詩から音楽へと変わる。

「間」とは空白であり、沈黙である。その「間」を、時間や空間、心理までもが豊かに往還する。

また、俳句は「虚空」を詠むことのできる稀有な文学である。芭蕉に、「虚に居て実を行ふべし」という言葉がある。意味するところは、眼前の客観的事実にとらわれ過ぎることなく、「虚」の側に身を置き、そこから真実に迫っていくということだろう。

かくして、表現されたことのみならず、表現されなかったことまでを含み込んで、俳句は「沈黙」する。

鎮魂の思いを俳句にどう詠むかについて詳らかにすることは私にはできない。ただ、ひとつだけ言えることは、優れた鎮魂の句は、みな一様に深い沈黙を蔵しているということだ。

人間の実存を問う

我が師加藤楸邨の〈凩や焦土の金庫吹き鳴らす〉という句は、戦争を詠んだものだが、震災で町が焼けた大槌町などの景と酷似しており、衝撃を受けた。

楸邨は戦争を素材として詠んでいるのではない。一句を通して、人間の「実存」を問うている。人間の内面に迫るべく、俳句と格闘しているのだ。

また、石田波郷の〈綿虫やそこは屍の出でゆく門〉という句に向き合うたびに、まるで震災詠のようで戸惑い、魂が震えた。連日のように、この句に詠まれたのと同じ景を見続けていたせいかもしれない。

人は、大切な方を亡くした時や大きな災害に遭った時、辛く悲しい思いを投影できる「ことば」を求めようとする。私も、真夜中の避難所で、楸邨の句を思い浮かべ、しみじみと噛みしめたり、また例えば村上鬼城の〈冬蜂の死に所なく歩きけり〉の句を唱えながら、波立つ心を鎮めたり、ひとり頷いたりしていた。

先にも述べたとおり、表現されたことだけではなく、表現されなかったことまでを含み込み、俳句は沈黙する。ここに、俳句の持つ鎮魂の力・癒やしの力の「鍵」があるように思われる。

楸邨のように人間の実存を問うことも、波郷のように人生を凝視することも、ともに鎮魂に通じる沈黙を探り、深めていく方法と言えるだろう。

「沈黙」という概念を軸に俳句を考えると、俳句は可能性に満ちた沃野であると同時に、いまだ開かれざる大いなる秘境なのだと気づかせられる。

死者を悼むことは、死者に誓うこと。俳句の虚実を探りつつ、沈黙の詩《うた》である俳句を詠み続けたい。


（角川「俳句」２０１７年３月号）

世界文学としての俳句

先日、作家の池澤夏樹さんと岩手の花巻でお会いし、対談した。私が、ある新聞社の取材を受けているなかで、拙句集『龍宮』を評価してくださっている池澤さんの話になり、記者が取材を依頼したところ快く応じてくださり、実現の運びとなった。

北海道からの機内で『龍宮』を読み返してくださったとのことで、「あなたの句集は、機内で読むものではありませんね。読んでいるうちに、いろいろなことを思い出して涙が滲んでしまって…」とおっしゃっていただき、とても光栄でありがたかった。

約二時間にわたり、震災のこと、震災と文学のこと、池澤さんの書評活動のこと、日本人の自然観など広範な話題についてお話を伺うことができ、至福の時を過ごした。

この対談を通じて、最も印象に残っているのは、次のことだ。これまで私は自らの被災体験を基に震災俳句を詠んできたわけだが、ひと様の死について詠んだ句がいくつかある。

そうした句について、一部の方からご批判をいただき、心が折れそうになったことがあると、池澤さんにお話しした。これに対して池澤さんは、「たとえ批判されようとも、あの震災を俳句に詠んでもらいたい。作品として残してもらいたい」とおっしゃってくださった。包み込むような優しい眼差しで、穏やかな口調で。その時、私は、何か許されたような思いがしたのだった。

「作品として残してもらいたい」。池澤さんから頂戴したこの言葉を肝に銘じ、これからの俳句創作に一層心を込めていきたい。

これからの俳句は、俳句という形式に合った形で、もっと社会にコミットしていくべきだと考えている。社会全体に目を向けた俳句も、もっと生み出されてよいと思う。一体俳人は何をどう詠むのか、俳句とはどういう詩なのかについて、現代という時代相にしっかりと位置づけて捉え直す必要があるように思われる。時代に照らせば、変わらないもの、変わるべきものが見えてくる。

さて、この春、私は一冊の本を出版した。正確に言えば、ある方が私の震災俳句を世界共通語であるエスペラント語に翻訳してくださり、世界に向けて発信してくださった。既にこの本は、エスペランティストの集う世界大会等で、各国の参加者の手に渡り、俳句を鑑賞しての感想が寄せられている。

私の震災俳句は、多くのエスペランティストにとって、「ＨＡＩＫＵ」という日本の詩に触れた最初の経験となっているようだ。

折しも、俳句を人類が保全すべき文化的価値を持つものと考え、「ユネスコ無形文化遺産」に登録されるよう、各種取り組みがスタートしている。今回の私の本は、エスペラント語訳されているため、これを基にエスペランティストが更に自国の言語に翻訳し、今度はその国で読まれていく。

当然のことながら、翻訳の翻訳ともなれば、原句からどんどん遠ざかって行かざるを得ない。それでも私は、翻訳は大切で、どんどん翻訳されるべきだと考えている。なぜなら、世界のあらゆる文学は、翻訳を通じて他国で読まれ、世界に伝わっていったからだ。ただし俳句は韻文。韻文の翻訳がいかに難しいことであるかは、これまでの経験から十分承知している。更に経験を積むしかない。

私の目下の夢は、いつの日か、エスペラント世界大会に参加し、俳句を日本語で朗読することだ。私が原句を朗読し、続いてエスペラント語訳の句を朗読するという形式で。

因みに、こうした日本語と外国語を交えた朗読会は、これまで四度ほど行っている。

一度目はインドのニューデリーで行われたインド国内の詩人の会に招待されて行った朗読会、二度目は盛岡で行われた台湾の詩人たちと、三度目は盛岡の岩手大学で行われたフランス文学会の国際シンポジウムで、四度目は釜石でこの本の出版記念会で行われたエスペラント訳を交えての朗読会である。

この釜石での朗読をお聴きになった方から、次のような感想をいただいた。私の俳句の朗読を聴くと、震災当時の生々しい情景が目に浮かび、胸が締めつけられる感じがするのだが、エスペラント語での朗読は、ことばの意味は分からないものの、音楽的で美しく、詩の韻律そのものを純粋に楽しむことができたと。朗読を工夫することで、俳句は新たないのちを獲得できるような予感がしている。

俳句とは一体誰のものだろうか。この頃、そんなことを考える。作品を生み出した人のものだろうか、それとも、読み味わう側のものだろうか。著作権など制度の問題を言っているのではない。俳句は誰のものなのか。

少なくとも、俳句は俳人だけのものではない。日本人だけのものでもない。世界中のあらゆる人々にもっと親しまれていい文学だ。

「作品として残してもらいたい」との池澤さんの言葉は重い。いい俳句を生み出すしかない。いつか、世界文学となる日を夢見て。

（「現代俳句」２０１７年11月号）

Ⅳ　海を求める心

泥まみれのお雛さま

今日は三月三日、桃の節句。ここ釜石では、岩手県内陸部のような積雪はないものの、梅の花さえまだ咲いてはいない。まして、桃の花の気配などまったくない。春は「名のみ」の寒い日々が続いている。

津波引き女雛ばかりとなりにけり　翠

あと八日で、東日本大震災から四年を迎える。海から七kmほど内陸部の勤務校で被災した私は、そのまま生徒とともに避難所生活に突入した。蠟燭を灯した体育館が、私たちを雪の降る寒い外界から守ってくれた。

震災から三日目の朝、釜石港にほど近い私のアパートが津波でどうなってしまったか、どうあっても確かめたいと思い詰め、許しを得て市の中心街へと向かった。

見慣れた町が、壊滅していた。津波泥、ヘドロに覆われたアスファルト、泥の底でピクピク動く魚、道を塞いでいる奇妙な格好の家や漁船やグランドピアノ。大小の瓦礫の山が、連山のようにどこまでも続いている。

そんな壊れた町の光景を、この目で見てはいただろうが、恐らく見えてはいなかったと思う。そもそも、これは、釜石じゃない。

瓦礫が少し取り除かれ、道らしきものができていた。人々はその上を、お互いに道を譲り合いながら、歯を食いしばり俯いて歩いていた。

ある商店の前で、年配の女性ふたりが二階に向かって声を限りに叫んでいた。「○○さん、そこにいるの？　無事なの？　お願い○○さん、返事して！」応答のないまま、その人の名をいつまでも叫び続けていた。そんな光景が、釜石のあちこちで見受けられた。

瓦礫の上の仮の道を歩いていると、何体ものお雛さまに出会った。瓦礫の上に、あまり酷い汚れ方もせずにちょこんと座っていたり、泥から半身だけを出していたりとさまざまだった。

そうだ、先日お雛まつりをしたばかりだった、友人と由緒あるお雛さまを拝見し、抹茶とともに雛あられをいただき、もう春なのねと語り合いながら雛御膳をゆっくりと味わったのだった…。けれど、それは本当にあったことだろうか。もう、何ひとつ信じられない。

潮染みの雛《ひひな》の頬を拭ひけり　翠

可哀想に、お雛さまの美しい白頬が海水や泥で汚れてしまっている。持っているティッシュやハンカチで拭き清める。もう汚れが取れないこと、もう元に戻らないことなど正気なら誰にだって分かる。それでも、こんなに汚れたままでは、あんまりではないか。運命をすべて受け容れたような、穏やかなお顔のお雛さま。その高貴な佇まいが、釜石に降りかかった超現実的な厄災を、より一層非現実的なものにしていた。

因みに、私の親しい友人は、いまだにこの一句に向き合うことができないでいる。無理もない話だ。友人の奥さまの亡骸は、泥の底から引き上げられた。変わり果てた愛する妻の姿に、しばらく立ち尽くしたという。

しかし、はっと正気にかえり、持っていたミネラルウォーターで奥さまの顔を洗い清めていった。ごめんな、一緒にいてやれなかった、助けてやれなかった、ごめんな、怖かっただろう、ごめんな……そう語りかけながら、丹念に清めていったという。
そんな彼にとってこの一句は、お雛さまを詠んだ句とは思われないのだという。「この句の雛は、雛じゃない、私の妻です」

亡き娘らの真夜来て遊ぶ雛まつり　翠

震災一年後に詠んだ一句。あの優美なお嬢さまたちは津波に呑まれ、命を落とし、昇天された。一年後の桃の節句の夜更け、誘い合わせたお嬢さまたちは、かつて屋敷のあった跡地の雛の間で、代々の習わしどおりにお雛まつりを楽しまれたのだ。たとえ現し身はなくとも、若さ溢れる魂そのものとして。

（「星座」2015年4月刊）

漂流者

死なば泥三月十日十一日　翠
死に河豚の垂直のまま流れをり　〃
三月を喪ひつづく砂時計　〃

東日本大震災から、もうじき五年目を迎えようとしている。あの日以来、ここ釜石で、一日一日祈るような気持ちで生きてきた。

大地震に襲われた時の恐怖やパニック、その後の必死の対応や避難所生活をひと月送った経験などは、とうに遠景に退いている。

辛かったことも忘れ、平凡な日常を送っている私だが、歯磨きなどで口を漱ぐ時に使う陶器のマグカップだけは、あの地震で床に落ち縁が少し欠けたものを使い続けている。

水を口に含む時、欠けて刃のようになった縁にうっかり唇を当てると、少し切って血が滲む。あ、いけないと唇を離し、違う飲み口から水を含む。こんなことを、あれから五年も続けている。生活のどこかに、震災を留めておかないと、幸せな日常に埋もれてしまいそうだ。そして私は、自分自身にそうした安寧をまだ許すことができないでいる。

雪積みし屍《かばね》の袋並べらる　翠
春の泥抱き起すたび違ふ顔　〃
雪間《ゆきま》より青きを摘めり柩花《ひつぎばな》　〃

震災の時、亡骸は、遺体安置所に運ばれ横たえられた。安置所と言っても、小学校の体育館であったり、教室であったりした。柩があるはずもなく、シートを被せられたり大きな袋に収められたりして並べられた。

震災の後、どうしたわけか連日雪が降った。冬も温暖な三陸沿岸にしては珍しい連日の大雪に、この世に神はいないのかと恨めしい思いで黙々と雪を掻いた。そんな荒天の中、家族を捜して、いくつもの遺体安置所を巡る人々が大勢いた。運良く亡骸に出会えた人もいた。しかし、ご遺体に手向ける花とてない。外へ出て雪を掻き分けてみると、辛うじて青い下草が生えている。それを摘み取り、せめてもの供花とし、皆で掌を合わせた。

生き死にの釜石の川鮭上る　翠
鮭は産む朝の光を撥《は》ね上げて　〃
いくたびも水面を打ちて鮭逝きぬ　〃

今年も、もうじき、鮭が遡上してくる。

震災の年の十一月初め、甲子川を鮭が上る姿を発見した時は心が震えた。川底には、彼らにとって大変危険なはずの瓦礫が、撤去されずにたくさん残されていた。その隙間をかい潜って、一心不乱に上流へと遡っていく鮭の生き様に、どれだけ励まされたことか。

震災後、私は、何をしてもただ虚しく感じられ、気分がくさくさしていた。母なる川を上る鮭には、何ら迷いがないようだった。鮭と比べて、人間である私の方が、生き物として数段劣っているように感じられた。

鮭は未来に命を繋ぐため、雄と雌がタイミングを合わせ川底に卵を産みつけていた。水面を激しく波立たせる営みを見ていると、私は今確かに生きているのだと感じた。大変なこともあったが、ここまで生きてこられた、そしてこれからも生きていくのだという思いが肚の底から湧いてくるようだった。

霧がなあ霧が海這ひ魂呼ぶよ　翠
夏の星耳澄ましゐてどれも声　〃
話すから螢袋を耳にあてよ　〃

震災後、「亡くなった人の声が聴こえる」という話をする方が周囲に何人もいた。夢に現れたという方もいれば、鳥の鳴き声の中に聴き取ったという方もいた。そしてどなたも一様に、声を聴くことができて、とても嬉しかった、幸せだったと言っておられた。

白日の眩しい光のもとへは、魂は現れない。暗がりや闇のもとで、ひそかに感じあうものだろう。被災地の闇は深い。闇の密度が違う。ぼんやりしていると、引き込まれる。遺族はその闇をじっと見つめ、耳を澄ませる。

蛍や握りしめゐて喪ふ手　　翠
別々に流されて逢ふ天の川　　〃
よちよちと来て向日葵を透き抜くる　　〃

家族など大切な人を津波に呑まれた方々は、皆一様に自分を責めた。なぜすぐに家に戻ってやらなかったのか、なぜ手を離してしまったのか、なぜいのちを救えなかったのか。勤務場所が高台にあったため、自分は助かったが、家族全員を津波に呑まれて亡くした友人がいる。昇天した家族は、彼の世で、一人一人別々に暮らしているのだろうか。せめて、天の川の畔ででもいいから、もう一度家族全員が会えますようにと願うばかりだ。

初明り海だけ元に戻りけり　　翠
寄するもの容るるが湾よ春の雪　　〃
秋濤《しゅうとう》へ血を乳のごと与へをり　　〃

海は流れ、波立ち、湾はすべてを受け容れる。私も流れ、人も流れている。何百年かに一度、この穏やかな海が津波と化し、夥しい数の尊いいのちを呑み込み、奪い去る。海が、わからない。海とは、何だ。喪った悲しみとの向き合い方は、誰も教えてはくれない。そしてその悲しみは、喪った本人にしかわからない。一人ひとりが、終わりのない旅を、流れのままに続けていくばかりだ。

（紀要『日本近代文学館年誌 資料探索11号』 2016年3月刊）

白い泥

はらわたの無き道ばかり初茜　翠
声ごゑの陸《くが》より湧ける初日かな　〃
天の川襤褸《らんる》となりて拾はるる　〃

私は、あの三月十一日、釜石市内の職場で大地震に遭遇した。それ以後の混乱と混沌は、とても言葉では言い表せない。ただ、とにかく生きたいと思い、生きようとした。職場の仲間と、避難所を設営・運営し、避難してきた人々に何か食べていただこうと薄い雑炊を作ったり、飲み水を買いに行ったりと、とにかく身体を動かし続けた。

寒念仏津波砂漠を越えゆけり　翠
ひとりづつ呼ばるるやうに海霧《じり》に消ゆ　〃

震災千日たましひ未だ浮かばざる　〃

根浜海岸や吉里吉里の浜、瓦礫の残る大槌の町を、さまざまな宗派の僧侶が祈りを捧げつつ巡ってくださった。海に向かって、長いことお経を唱えている方もおられた。しばらく絶句なさっているお坊さんも見かけた。

非業の死を遂げられた方々の御霊は、極楽浄土に辿り着くことができたであろうか。それとも、この世に強い念を残したまま、浜を、村を、壊れた自宅周辺をいまだに離れられず、さまよっておられるのだろうか。

海嘯《かいしょう》の合間あひまの茂りかな　翠
虹うすし海嘯の地を遠巻に　〃
牡蠣太る海の奴隷の人間へ　〃

あの日、大津波は、河口からもの凄い勢いで内陸部へと遡った。海から遠く離れた集落まで津波は川を遡り、人々や家屋敷が次々と呑まれ、流された。

地震による津波を、古くは「海嘯」と呼んだ。もともとは、河口に入る潮波が垂直壁となって川を逆流する現象をいう。この海嘯現象が、この度の巨大津波で起こった。

震災に遭い、つくづく思い知ったことは、人間は吹けば飛ぶようなはかない存在で、大自然の中で偶然生かされている存在に過ぎないということだ。三陸沿岸にあってみれば、人間は、大津波と大津波の間に僅かばかりの繁栄を築かせてもらっているだけの存在ではないだろうか。

コスモスの深き裂け目を生きてをり　翠
断念の向日葵殖ゆる河口かな　〃
ややありて海を容れゆく白日傘　〃

震災後、大切な人や全財産を喪った人の多くは、悩みに悩んだ挙げ句、精神に失調をきたした。「うつ病」と言う病名では括れないような、様々な失調が起きている。

私は今、釜石に古くからある句会「まゆみの会」を指導している。震災後、責任者の方が私の職場に見えられ、指導をお願いしたいと言うので、お引き受けした。

句会に伺うと、自宅を流され、仮設住宅に住んでいる方が何人もいた。親戚や親しい友人を喪い、ずっとそのことが頭を離れないと話す方もいた。震災後三年目あたりまでは、苦しみながらも何とか句会に出席していた方でも、震災ストレスによる症状が現れ、休む方も出てきた。

私はこうした方々に、軽々に「頑張りましょう」とは言えない。頑張ろうとしても、頑張れないのだ。頑張るためには、腹の底から燃えあがるようなものがなければならない。それが湧いてこなくなったなら、どうすることもできない。電池が切れた人形は、倒れてしまう。そしてその電池は、補充される見通しが立っていない。

麦の秋どのひと粒も海に朽つ　翠

手花火の何か言ひかけては尽きぬ　〃

誰ひとり帰らぬ虹となりにけり　〃

この度の震災で、約二万人の方々が亡くなられた。もちろん、二万人の人が一度に命を落とされたわけではないだろう。こういう抽象的な数字をいくら見つめてみても、死の真実からどんどん外れていくような気がする。

あの三月十一日以降、ひとりひとりの死が、別個に二万回あったのだ。二万回、尊い命の灯がこの世から消えていったのだ。そう捉えるならば、ようやくひとりひとりの死に思いを致すことができるような気がする。

降りつづくこのしら雪も泥なりき　翠

被災して三日目、ようやく釜石の中心街へ行くことができた。津波泥・ヘドロの中に、何もかもが漬かっていた。グランドピアノが道を塞ぎ、誰かの家の屋根だけが、三角形を奇妙に保ったまま、目の前にひざまずいていた。

津波とは、泥だ。すべてが海の泥に漬かる。その泥も、水分は空に帰っていく。だから、今降っている雪も泥なのだ。昇天なさった方の肉体や魂の滲んだ泥なのだ。

真っ白な泥を浴びながら、釜石港にほど近い自宅アパートへ向かって、私は瓦礫をいくつも越えていった。


（「壺」２０１６年２月号）

泥と雪

降りつづくこのしら雪も泥なりき　翠

津波とは、つまり、泥だ。あらゆるものが遍く、海の泥やヘドロに漬かる。そして、地球の循環のなかで、泥の水は空へと昇っていく。やがてその水は、雨や雪となり、再び地上に帰ってくる。

あの三月十一日とそれ以降、例年なら冬も温暖な三陸の釜石では、連日大雪が降った。その理由が、震災から五年を迎えようとする今ならわかる。あの雪は、泥だった。数万の人間を呑み、いのちを奪った津波の夥《おびただ》しい泥なのだった。死者の念の籠もった「白い泥」が、地上の故郷へと帰ろうとしたのだ。

滅亡の文明ほどに土盛らる　翠

震災から五年。ここ釜石では、市街地に商業施設や宿泊施設、中規模のイベントに対応できる多目的ホールなどが完成し、着実に復興へと向かっている実感が得られる。

しかし、これは釜石市中心街の状況で、津波により壊滅状態となった両石町や鵜住居町などでは、数メートルから十数メートルに及ぶ嵩上げ工事の真っ最中だ。まるで、マヤ文明のピラミッドが連なっているかのようだ。

しかも、これらの町に、いったいどれくらいの住民が戻ってくるかは流動的だ。市では、住民の希望を把握しているようだが、復興の遅れに伴い、状況は刻一刻と変化している。私の故郷である花巻市などの内陸部に中古住宅を得、よい仕事にも就き、もう浜には戻らないと決めた世帯も増加傾向にある。

千年も要さぬ風化春の海　翠

我が郷土の先人、宮沢賢治の詩「雨ニモマケズ」に次のような一節がある。

東ニ病気ノコドモアレバ
行ッテ看病シテヤリ
西ニツカレタ母アレバ
行ッテソノ稲ノ束ヲ負ヒ

「行ッテ」看病する、「行ッテ」稲束を負う。つまり、何よりもまずその場に「行く」ことの尊さを、この詩は教えてくれる。

いくら被災地のことを心配したとしても、外から眺めていては何もわからない。まず現場に「行ッテ」実態を見、なすべきことを行い、現状を人に伝え、再び現場に「行く」。震災の風化が進む今、この「行ッテ」の精神と行動力こそが最も重要だと考える。

まだ立ち直れないのか　三月来《く》　翠

先日、震災を振り返り、語り合う会があった。映像で、津波が町を襲う様子や瓦礫だけとなった浜の様子などを振り返ったが、余りにも生々しく、皆押し黙ったままだった。「自分だけ生き残ってしまった。今でもその罪悪感に苦しんでいる」。五年経った今でも、声を振り絞る女性。これを、停滞とか前を向いていないとか、一体誰が言えるだろう。決して癒やされることのない喪失感や無力感を、一生涯抱えて生きていくのだ。
生きることと死ぬことの間に横たわる不条理を、三陸の民は骨の髄まで思い知った。「行ッテ」の精神が、切に待たれている。

（共同通信社　２０１６年3月配信）

ひとつの海

夏の雲では征《い》きますと逝きにけり　翠
灼くる島千人針の虎いづこ　〃
地の影も染みも人間原爆忌　〃

東日本大震災の発生から、五年九ヶ月が経過した。

震災について考えるとき、いつも私が重ね合わせて考えるのは、戦争のことだ。災害も人災も、尊いいのちが喪われるという意味においては同じだ。自分にとって掛け替えのない大切な人が、ある日突然この世からいなくなってしまう。

それでも、戦争は、戦況の危機的状況や漠然とした死の予感を感じ取ることができるだろう。非常時にあって、死というものを、徐々に受け入れていくのかも知れない。

寒の虎千里を往きて帰らざる　翠

しかし、巨大地震とそれに伴う津波に関しては、一切の準備が許されない。それは、ある瞬間突然発生し、それに伴う事象が起こり、人はただ現実を受け容れるしかない。ひとつだけ言えることは、それがどんな死であったとしても、遺された者の感じる悲しみは、それぞれ異なるということだ。同じような悲しみとか、似たような苦しみというものはない。ひとつの死の前には、それぞれまったく異なる、ひとつひとつの悲しみがあるだけだ。

よちよちと来て向日葵を透き抜くる　翠
分かるのか二万の蟬の溺死なら　〃
草茂るずつと絶望してゐろと　〃

震災から三年くらい経った頃、遅々として進まない復興の状況に、苛立ちを覚えた。なぜ国は、すべてに最優先して復興に取り組まないのか。地方に任せた結果、役場職員は疲弊しきり、命を削るかのように夜中まで仕事をしてもほとんど業務が推進されないではないか。なぜ国は、被災地の復興の遅れと、被災地に住む人々の沈む気持ちに寄り添おうとしないのか。また、遠く離れた地域の方に「被災地の復興が順調に進んでいるようで何よりです」と事実とまったく異なることを言われることにも絶望感を覚えた。

死に河豚の垂直のまま流れをり　翠

気仙沼の大島を訪れた時、死んだ河豚が波間を漂っているのを見た。頬を浮き袋のように膨らませた河豚は、頭を上にし、不自然なほど垂直な姿勢のまま漂っていた。
他の死魚であれば、腹を上にして漂うところだろう。しかしその河豚は、いつまでも垂直姿勢を解くことができないのだった。持って生まれた「性《さが》」により、河豚は横たわることが許されない。その姿は、そのまま被災地の民の姿に重なるように思われた。

寄するもの容るるるが湾よ春の雪　翠

震災後、海のことを考えることも海を見ることも怖かった。頭も心も、海を拒絶していた。しかし、いつだったろうか、震災から数ヶ月経ったある休日、ふらりと散歩に出て、気がついたら釜石港に来ていた。

あ、海だと思った。海に来てしまった。海は、波も穏やかで、何ひとつ問題がなかった。水に触れてみた。澄みきった冷たい海水。どうしてお前は、何もかも呑んでしまったの？震災の影響で数十cm地盤沈下した港沿いのでこぼこの道を、海を眺めながらぶらぶら歩いた。

その日から四、五年経った。そうして、ひとつわかったことがある。海は何ひとつ悪くないのだ。海は、巨大地震により、大津波とならざるを得なかった。湾は、押し寄せる波を丸ごと受け容れるしかなかった。川は、海から押し寄せる水を、その激しい勢いのまま、上流の集落まで運ばざるを得なかった。誰も、何ひとつ悪くないのだ。それは、ただ起こってしまっただけなのだ。

しかし、このように考えられるまでには、それ相応の時の経過が必要だった。絶望しかなかったあの日から、様々な感情に翻弄されながらも、なるべく前向きに一日一日を生きようとしてきた。「時薬《ときぐすり》」のおかげで、ようやく海を受け容れられるようになってきた。

三・一一みちのく今も穢土《えど》辺土《へんど》　翠

みちのくの地は、「都」に住む人々の意識のなかで、今も昔も「穢れた土地」であり、「辺鄙な場所」なのだろうか。「都」から遠く離れた辺地であれば、復興が進もうが遅れようがたいした問題ではないのだろうか。復興の遅れの根本原因も、ここら辺の意識にあるような気がしている。

蜩や海ひと粒の涙なる　翠

海を見ていると、海はつくづくひとつだと思う。ひとつの生命体のような感じを受ける。この穏やかで平和そのものの海を、いつまでも見続けていたいものだ。

（「壺」2017年2月号）

海を求める心

読まれざる文また束ね沙羅の花　翠
青き血を首に巡らせ薔薇の家　〃
尻残し蛞《なめ》蝓《くじ》のいま花の芯《しん》　〃

この春、人事異動により、釜石から北上市に転勤となった。七年間沿岸に勤務したので、もう内陸に戻りなさいということだ。北上は、私の故郷である花巻の隣町で、古くからの友人も暮らしている。馴染みのある好きな町だ。

北上に転勤・転居はしたものの、釜石との繋がりは途切れるはずもなく、概ねふた月に一度かそれ以上のペースで、句会指導のために通っている。震災後の釜石は、ホテルの予約が大変取りにくい状況なので、年間の釜石句会の予定を早めに決め、一年分の宿の予約を済ませている。

今まで住んでいた釜石に、わざわざ宿まで取って、しかも朝早く花巻駅発の電車で定期的に通うことになろうとは、考えてもみなかった。釜石に向かうというそれ自体が、とても新鮮に感じられる。浜風をめいっぱい吸い込もう、海の幸もたくさんいただこうと、期待に胸が膨らむ。

春の泥抱き起すたび違ふ顔　翠
雪積みし屍の袋並べらる　〃
雪間より青きを摘めり枢花　〃

東日本大震災の発生から、六年九ヶ月が経過した。

内陸部では、もはや誰も震災の影響下にはないと言っても過言ではない。強かった地震の恐怖もほぼ忘れ去り、のんびりと平和な日常を過ごしている。

転勤により、震災後の激動の時代を過ごした釜石を一旦離れたことで、かえって釜石や震災について、客観的に考えることができるようになった。浜を離れたら、浜を求める気持ちが一層強くなった。心とは、不思議なものだ。

釜石駅に降り立つと、俳句の仲間が出迎えてくれる。そして、一緒に、大槌や鵜住居、根浜海岸などを巡り歩く。

先日、大槌で、震災から六年八ヶ月ぶりに店舗を再建した魚屋を訪れた。他に店もなく、この魚屋だけがぽつんと建っていた。店の裏手に「新巻鮭」を数十本吊してある大きな囲いがあった。店主は、「前の店は、浜に近いところにあったため津波で流された。ここまで長かったが、ようやく店を再建できた。」と、弾んだ声で話してくれた。「うちの新巻は、味もよく、値段もお手頃ですよ。」と言って、囲いの扉を開けて、吊してある新巻を見せてくれた。

実際、釜石近辺の浜のなかでも、大槌の新巻鮭が一番美味しいと言われている。行きつけの料理屋の大将も太鼓判を押していて、時期になると切り身を焼いて出してくれた。吹き通う浜風が、新巻作りに最適なのだという。ちょっと待って、浜風なんてどこだって同じじゃない。同じ三陸沖、太平洋から吹く風じゃない……。しかし、地元の人に言わせると、その浜その浜で、吹き寄せる風の性質や吹き方が微妙に異なるらしかった。浜には浜の特質があるのだ。

龍の髭生ゑゐる岬青山背《やませ》　翠
動かざる管理むる闇時鳥《ほととぎす》　〃
死にかけの蟬搔集め埋めけり　〃

また先日は、JR山田線の大槌駅の復旧状況もつぶさに見ることができた。駅舎はまだ建ってはいないが、駅前ロータリーは整備され、ここを人々が行き交う様を想像した。ホームの基盤が、ほぼできあがっていた。既に鉄路も敷設され、宮古方面からの鉄路が、遙かかなたからここ大槌駅まで続いている。しかし、残念なことには、ここから鵜住居・釜石方面への鉄路は影も形もなかった。大槌・鵜住居地区は甚大な被害を受けたため、周辺整備には相当の時間を要する。現在、防潮堤の建設を含めた復興工事が急ピッチで進められてはいるものの、実際にこの地を歩いてみると、一体この先どれくらいかかるのだろうかと気持ちが沈んでくる。まだ、まだ……本当にまだまだなのだ。

海がまったく見えない防潮堤……。この絶望的な違和感。

私たちは、次世代にこれを残すのだ。今を生きている私たちの責任は、自分たちが考えている以上に重い。

ジューンブライド海を彷徨《さまよ》ふ白ドレス　翠
幾たびもいくたびも消え夏渚　〃
渡り来る人ゐて虹の消えにけり　〃

震災の年の六月に、結婚する予定だった幸せな恋人たちが、何組もあったという。ジューンブライド、六月に結婚すると幸せになれると信じ、特に女性たちは六月の結婚式に憧れる。着る予定だった白いドレスは、今もなお、大海原を漂っているのだろうか。着てもらうはずだった花嫁を求め彷徨っているのだろうか。肉体は既にこの世には無い。しかし、彼らの願いや希望、そして魂は、今どこに在るのだろうか。それらがすべて消え去り、無に帰したとは、到底信じられない。念も魂も、どこか安全で平和で苦しみのないところで、静かに炎を燃やし続けていて欲しい。

（「壺」２０１８年２月号）

被災地の今

先日、釜石の老舗の蕎麦屋に入った。庶民的な店で、地域住民に親しまれていて、昼どきはいつも満席で、何を食べても旨い。この店に行くと、大抵「相席」となる。必ず知り合いや教え子が、もりもり食べていて、「やあ先生」と席に迎えられるからだ。

この店で、教え子から聞いた話に衝撃を受けた。東日本大震災で大きく沈下した地盤が、震災後に少し隆起した（つまり少し元に戻った）のだが、最近再び沈んできたという。隆起した時に調整したガス管や水道管などが「ずれ」る恐れがあるらしい。そのせいで、彼の家の前のアスファルト舗装された道路は再び掘られ、地中に敷設された水道管などの点検がなされているのだという。

これに類したこと、細々としているが決して見過ごすことのできない案件が、今でも被災地で起きている。地盤の安定した地域に住む人には想像もつかない、無駄とも徒労とも見える作業が、人々によって黙々と延々と行われている。一旦完成したものを、変化する状況により壊し、根底からまた作り直す……それが被災地だ。

このように、震災は終わらない。この震災に、終わりはない。人間の知識的な想定など、地球はいともたやすく裏切る。地球は、地球のリズムで呼吸をしているだけなのだ。地球には人間など見えてはいない。地球上での生活に幸せを求めるのは、人間の抱く身勝手な幻想なのだ。震災を経験し、私はようやく目が覚めた。

しかし、どうだろう。幻想と知りつつも、人間がその人生において夢を描くことは誰にも止められない。人生に夢を描き、希望を抱き、一日一日を懸命に生きて行こうとする営みは、尊い。

昨年末、釜石市鵜住居地区に整備中の、「ラグビーワールドカップ2019日本大会釜石会場」のスタジアム建設現場を視察した。現場はオープンで、誰でも工事の進捗状況を見学できる。スタジアムの一部と思われる、巨大なシルバーの構造物には圧倒された。ちゃんと、工事は進んでいた。津波により、集落と数え切れない尊い命を喪ったここ鵜住居のスタジアムで、W杯の試合が開催される。ここに、「世界」がやってくる。そして、誰もが夢を描く。

釜石会場での対戦カードも決定した。9月25日には、プールD：フィジー対アメリカ地区2の試合、10月13日には、プールB：アフリカ地区1対敗者復活予選優勝チームの試合が行われる。この試合を見るために、想像できない程の人の波が押し寄せる。

スタジアム建設現場の近くでは、鵜住居川の水門工事、巨大防潮堤の建設、JR山田線の復旧に向けた工事、町の区画整備など、大事業が並行して進められている。まさに、待ったなしだ。

海外メディアは、震災後の三陸の衝撃的な映像を世界に配信することだろう。巨大防潮堤により、鵜住居は海を喪う。浜から海を見ることはできない。我が国が選んだ、三陸の新たな漁村風景だ。

（「俳句四季」2018年3月号）

人は、何を語ろうとするのか

泥に胸圧《お》されて覚むる三日かな　翠
回廊を巡るたましひ霜柱　〃
媼《おうな》来てふつと吸ひたる冬牡丹　〃

釜石から北上に転勤した後も、私の釜石通いは順調に続いている。「まゆみの会」という、市内の俳句愛好家の句会を指導するためだ。震災のあと、事情により指導者がいなくなったという句会。俳句の指導をぜひお願いしたいと言われ、私などでよろしければと応じるかたちとなった。

会員の誰もが、震災の被害を免れることはできなかった。被災状況もそれぞれ異なり、仮設住宅での生活を余儀なくされている方もいれば、北上や花巻など内陸部に中古住宅を見つけて引っ越す方もいた。深刻な精神の病と闘っている方もいた。まさに激動の日々を懸命に生きていた。

会員の俳句は、震災を真っ正面から詠み、慟哭する方もいれば、残された僅かな日常を穏やかに描写する方もいた。現在私は、概ねふた月に一度、年に七回ほど、私を入れて十人弱の句会を指導している。

死の風の吹く日も麦の熟れゆけり　翠

浜百合や津波の舐めし白き崖　〃

山津波川津波みな泥の底　〃

今年は、一年を通じて自然災害が多かった。自然は、人の世に甚大な被害をもたらし、多くの尊いいのちが喪われた。人はただおろおろするばかりだった。

七月の西日本豪雨も酷かったが、九月は連続で災害に見舞われた。強い勢力のまま上陸した台風21号により近畿は甚大な被害を受けた。二日後、最大震度7を記録した北海道胆振東部地震が発生し、広域で土砂崩れが起こった。

大災害が起きる度に、決まって思い出すことがある。それは、震災後の釜石の、とある商店主から聞いた話だ。

その方は私に、「店など、いっそ焼けてしまえば良かった。中途半端に残ってしまったため、泥かきや瓦礫の撤去、店舗の取り壊しと、とんでもない手間がかかる。大槌町や山田町のように、火事により全て焼けてしまえばよかった」と語った。家族や財産を喪い、絶望し、かなり虚無的な考えに陥っていた。私は、ただ黙って聞いていた。

災害の当事者は、起こったことの一切合切をかぶって、そのひとつひとつに対応しなければならない。気が狂いそうになるほど、無数の事後処理に向き合わなければならない。泥かきや瓦礫の撤去を手伝ってくれるボランティアはもちろんありがたいのだが、精神的なダメージを負い、虚無感を抱きながらの日々の暮らしは、被害に遭った当の本人でなければ分からない。その地獄は、周囲の人々の想像を遥かに超える重さで、どこまでも人を蝕む。

被災地には、決して報道されることのない「不都合な真実」が数多く存在する。あまりにもディープかつネガティブなため、ジャーナリストは、この現実を世間一般の人々に伝えるべきか否か、激しく葛藤する。被災地では、震災後にいくつもの自殺があったのだが、住民の間では情報の共有がなされ、悼む思いを語り合った。しかし、新聞等ではそうした報道は一切されなかった。復興へ向かって住民が一致団結して取り組まねばならない大事な時期に、自殺が相次ぐことは、表に出してはならないことだったのだろう。自殺が連鎖するようなことは、絶対に避けなければならなかった。「不都合な真実」は消されていった。

制服を透けゐる屍《かばね》更衣　翠
腸《はらわた》を嗅ぎあひて交ふ梅雨の橋　〃
青鬼が五月雨《さみだれ》の戸に立尽す　〃

明るい話題もある。釜石では四月に「市民ホール」が、大槌町では六月に「文化交流センター」がそれぞれオープンした。大槌の文化センターは、オープン以来数回訪れたが、木の温もりを随所に生かしたデザインで、とても居心地が良い。大きなガラスを何枚も用いて、外光を十分に取り入れている。談話コーナー、図書館、会議室、研修室、小規模のホール、「津波伝承展示室」から構成されている。いつ訪れても、子供からお年寄りまで、広めの談話コーナーで勉強したりお喋りしたりしている。隣のコンビニから軽食を買ってきて、ゆっくり食事している家族もいる。

「津波伝承展示室」は人気で、復興視察や、学生の研修旅行など、多くの人が訪れている。大きなスクリーンに、被災した大槌の方々の「言葉」が映し出さる。とてつもない体験を乗り越えた時、人は何を語るのか、何を伝えようとするのか…。ひとつの答えを見る思いがする。

震災前の大槌の町並みの映像と、震災時の津波が町を呑む動画が映し出される。新たな涙が、頬を伝う。

大槌の旧役場庁舎の解体作業は、来年一月中旬から開始される。現在、工事の足場が組まれ、解体を待つ庁舎。先日、この前で掌を合わせ、最後のお別れをしてきた。三月には更地になる。貴重な震災遺構が、またひとつ消える。

（「壺」2019年2月号）

あとがき

いつの日か、釜石から、新たな「風」を吹かせたいと願っていました。

釜石で東日本大震災に遭遇し、そのまま避難所生活に突入したあの日から。

私の愛する人たちが、避難所を襲う余震に悲鳴をあげ、怯え、涙を流す姿を見たあの日から。

私の愛する人たちが、大切な家族や家を地震と津波で喪い、立ち直れなくなったあの日から。

私の愛する人たちが、極度のショックにより、闇の世界に閉じこもってしまったあの日から。

私の愛する人たちが、浜に戻ることを断念し、一家で内陸の町へ移住していったあの日から。

私は、いつか必ず、釜石から新たな「風」を吹かせ、未来を拓いていきたいと願っていました。


願いは聞き届けられ、震災から八年目を迎える節目の日に、私の初めてのエッセイ集が出版されます。

この本の中核をなすのは、俳誌「藍生」に「釜石の風」というタイトルで連載されたエッセイです。

主宰の黒田杏子先生に、「翠さん、エッセイを書いてみませんか」とお声をかけていただき、どう書いたらよいか迷いながら書き継いできたところ、気がつけば六十回を越えておりました。連載のスタートから、五年が経ったことになります。「藍生」に所属もしていない私に、震災や被災地に関わるエッセイを書くチャンスをいただき、杏子先生及び「藍生」の皆さまには大変感謝しております。本当に有り難うございました。

この本は、昨年、福島県須賀川市の「牡丹焚火」の会場でいただいたご縁により出版することが決まりました。須賀川の牡丹の神様に感謝いたします。

あちこちの新聞社や俳句総合誌などに発表してきた数多くの拙い文章の中から、この本にぴったりなエッセイを選び、編集してくださったコールサック社の鈴木比佐雄様、鈴木光影様に心よりお礼を申しあげます。有り難うございました。

皆さまに、釜石の風が届きますように。

皆さまから、新たな風が生まれますように。

二〇一九年　二月吉日　白鳥の恋する声を聴きながら

照井　翠

照井　翠　（てるい　みどり）

昭和37年　岩手県花巻市生まれ。
平成２年　「寒雷」入会。以後、加藤楸邨に師事。「草笛」入会。
平成５年　「草笛」同人。
平成８年　「草笛新人賞」受賞。「寒雷」暖響会会員（同人）。
平成13年　「草笛賞」優秀賞受賞。
平成14年　「第20回現代俳句新人賞」（現代俳句協会）受賞。
平成15年　「遠野市教育文化特別奨励賞」（遠野市教育文化振興財団）受賞。
平成25年　第５句集『龍宮』により「第12回俳句四季大賞」および「第68回現代俳句協会賞特別賞」受賞。第47回蛇笏賞候補。
〔著書〕句集『針の峰』『水恋宮』『翡翠楼』『雪浄土』『龍宮』。
　　共著『鑑賞女性俳句の世界』三、加藤知世子論執筆。
現代俳句協会会員・日本文藝家協会会員・「暖響」「草笛」同人。
e-mail　midori21t@yahoo.co.jp

石炭袋

照井翠エッセイ集『釜石の風』

2019年3月11日初版発行
著　者　　照井　翠
編集・発行者　鈴木比佐雄
発行所　　株式会社コールサック社
〒173-0004　東京都板橋区板橋 2-63-4-209 号室
電話　03-5944-3258　FAX　03-5944-3238
suzuki@coal-sack.com　http://www.coal-sack.com
郵便振替　00180-4-741802
印刷管理　株式会社コールサック社　制作部
装丁＝奥川はるみ

ISBN978-4-86435-377-9　C1095　¥1500E